O Canto de Alvorada

Aleilton Fonseca

O Canto de Alvorada

* CONTOS *

Prêmio Nacional Herberto Sales – Conto, 2001
Academia de Letras da Bahia

Braskem   FAZCULTURA   GOVERNO DA BAHIA
PROGRAMA ESTADUAL DE INCENTIVO À CULTURA   SECRETARIA DA FAZENDA
SECRETARIA DA CULTURA
E TURISMO

JOSÉ OLYMPIO
EDITORA

© *Aleilton Fonseca*, 2003

Reservam-se os direitos desta edição à
EDITORA JOSÉ OLYMPIO LTDA.
Rua Argentina, 171 – 1º andar – São Cristóvão
20921-380 – Rio de Janeiro, RJ – República Federativa do Brasil
Tel.: (21) 2585-2060 Fax: (21) 2585-2086
Printed in Brazil / Impresso no Brasil

Atendemos pelo Reembolso Postal

ISBN 85-03-00763-0

Capa: LEONARDO IACCARINO
Ilustração de capa: CIRO FERNANDES

CIP-Brasil. Catalogação-na-fonte
Sindicato Nacional dos Editores de Livros, RJ.

F742c

Fonseca, Aleilton, 1959-
    O canto de Alvorada / Aleilton Fonseca. – Rio de Janeiro:
José Olympio; Salvador, BA: Academia de Letras da Bahia,
2003.

ISBN 85-03-00763-0

    1. Conto brasileiro. I. Academia de Letras da Bahia. II.
Título.

03-1316

CDD – 869.93
CDU – 821.134.3(81)-3

À memória de Herberto Sales

Sumário

Prefácio: O garimpeiro dos sonhos — 9
O canto de Alvorada — 17
Notícias de Malino — 35
Os dias de Chôla — 45
A última partida — 63
As marcas do fogo — 75
Descanse em paz — 93
A voz de Herberto — 101

Prefácio

O GARIMPEIRO DOS SONHOS

Aramis Ribeiro Costa

    Aleilton Fonseca é um contista. Tal afirmação, abrindo o prefácio de um livro de contos, pode parecer acaciana. Mas o fato é que os verdadeiros contistas, aqueles que têm o que contar e sabem contar, sempre foram raros e preciosos, como um diamante encontrado num vasto e difícil garimpo. Ater-se aos limites físicos do gênero, despertando o interesse, desenvolvendo uma boa narrativa, tirando, da ficção curta, todos os efeitos de que ela é capaz, é uma arte de poucos. Não será difícil encontrar quem tenha alguma boa idéia para um conto. Também não serão inatingíveis a boa linguagem ou o estilo elegante e agradável, frutos em geral de persistente aprendizado. Bons articuladores de trama, da mesma forma, não são raros; afinal aí estão, em toda parte, em nosso cotidiano, os excelentes contadores de casos e de histórias. O difícil é unir tudo isto, no resultado exigente da obra de arte. E é este resultado que define o contista.

Sem dúvida que, se houve um gênero, na literatura, que evoluiu para um enriquecimento quase ilimitado de possibilidades, este gênero foi o conto. Partindo da narrativa do episódio ou da anedota para a página de estrutura elaborada ou o simples desenrolar de uma circunstância, o conto ampliou o seu território ficcional. Isto confundiu muita gente. Há quem faça crônica, há quem atinja a novela, há quem deslize nas águas rasas da memória, há quem se esmere em prosas poéticas ou filosóficas, há finalmente quem se perca em inúteis e intermináveis diálogos, e, até mesmo, quem faça reportagem histórica, tudo isto pensando — ou querendo — fazer conto. Tal atitude ou desconhecimento, se aceito — e em geral tem sido aceito — confundiria ou mesmo inviabilizaria toda a teoria dos gêneros, por mais elástica, mutável, subjetiva e circunstancial que ela seja. Então, neste particular, a grande arte do verdadeiro contista talvez seja a capacidade de manter-se dentro do gênero, ainda que, com talento e conhecimento de causa, possa quebrar todas as suas regras.

Aleilton Fonseca não chega a ser, pelo menos nos contos publicados até o presente momento, um experimentador da técnica do conto. Ao contrário, prefere o enredo mais definido, linear, com discretas retrospectivas, em que possa envolver o leitor pela história, levando-o, acima de qualquer outro interesse, a compartilhar o destino dos personagens. De certa maneira, esta é uma atitude que o coloca, como contista, na linhagem do conto clássico — aquele de Maupassant e Lobato. Não se pode criticá-lo, e até seria o caso, em meio a tantos contos que não contam dos últimos tempos, de aplaudi-lo. Têm sido estes, os que assim procedem, os autores que atingem o maior público, e, por isto mesmo, os mais amados. Graças a eles, o conto ainda não se tornou um gênero inteiramente elitista, do gosto e do acesso de alguns poucos. Aleilton conta sempre uma história, e o faz com a perícia de um narrador nato, como aqueles que primeiro contaram e continuam a fazê-lo a viva voz, e que são os antepassados dos cultores do gênero escrito. Nele há, sobretudo, a preocupação com o desfecho, o que é mais uma marca dos contadores que buscam mais efeito no que narram do que na forma como o fazem. Entretanto, esta outra preocupação — a da forma de contar —, igualmente tão importante, já que não existe literatura sem forma, também está presente neste autor, que em momento algum deixa descolorir ou vulgarizar a narrativa, mantendo-a sempre dentro do nível compatível com o conto literário de alta qualidade, seja no cuidado vocabular, na frase bem urdida, na clareza do pensamento, nas metáforas, na precisão dos diálogos, seja na concatenação da trama, dispensando-se apenas da busca da inovação da técnica narrativa, como se o modelo escolhido para a sua arte lhe fosse plenamente satisfatório. E aparentemente é. Aleilton sente-se muito à vontade na forma narrativa de sua preferência, fazendo com que o leitor também se sinta assim ao lê-lo. Mais do que isto, desperta prazer na leitura, prendendo o leitor da primeira à última página, o que representa um extraordinário mérito para um escritor. No prefácio de um livro famoso — livro que se tornou famoso, em grande parte, justamente por seu prefácio —, Monteiro Lobato afirma que as duas grandes desgraças da literatura são o artificialismo e a vulgaridade. A ser verdadeira tal afirmativa, Aleilton Fonseca estaria livre das principais desgraças literárias, o que teria deixado muito satisfeito o autor de *Urupês*. Aliás, Herberto Sales, autor homenageado neste livro e no prêmio ganho por Aleilton, também pensava desta maneira, procurando despir as suas narrativas do que fosse artificial ou vulgar.

Portanto, temos um contista, um verdadeiro contista, na mais alta acepção do vocábulo, capaz de surpreender e emocionar, em páginas profundamente humanas e vivas, despidas de artificialismos e vulgaridades, porém impregnadas desta dura realidade que nos acompanha do nascimento à morte e que nos obriga a ser mais fortes ou a sucumbir. São os chamados ritos de passagem, bem mais marcantes na infância e na adolescência, quando este autor costuma haurir as suas inspirações, porém presentes por toda a vida, a nos lembrar de que nada sabemos sobre o minuto seguinte. É a inexorável condição humana, onde os escritores vão buscar os temas fundamentais da ficção, entre eles a morte, o tema preferido de Aleilton Fonseca. Ainda aqui, parece-me que Aleilton segue uma forte tendência dos contistas clássicos, sobretudo porque não há desfecho mais impactante nem mais comovente que o próprio desfecho da vida. A morte tem acompanhado a história universal do conto, passando incólume por todas as suas fases evolutivas, por todos os seus modismos, senhora absoluta deste gênero fulminante, como ela própria. Nos contos de Aleilton Fonseca, o tema não admite ironias ou risos. Pelo contrário, reveste-se de luto e dor, a dor funda e sem termo dos que experimentam a perda irreversível no amanhecer da vida e com ela convivem para sempre.

O rigor da análise literária poderia apontar influências neste autor. A linguagem, por exemplo, lembraria, em algumas expressões e construções de frases, Guimarães Rosa, uma de suas admirações literárias. O gosto pela tragédia talvez recordasse Adonias Filho, daquela mesma brilhante nação grapiúna, onde também nasceu o autor deste *O canto de Alvorada*. E aqui não me tenho contido em invocar Maupassant, Lobato e o próprio Herberto, o que é significativo. Mas não há escritor que não tenha ou não tenha tido suas influências, suas admirações que lhe perseguem pela vida afora, e estes mesmos autores aqui citados não escaparam desta contingência. Lobato, por exemplo, perseguiu o conto do mestre francês e, não contente em tentar assemelhar-se a ele, em técnica e efeitos, teve a ousadia de intitular uma narrativa sua de "Meu conto de Maupassant". E quem pensa que um gigante como o Bruxo do Cosme Velho ficou livre de tais fraquezas, procure ler Xavier de Maistre. Talvez por isto a crítica mais recente tenha abandonado o olhar sobre as influências, preferindo agrupar os escritores dentro de determinados contextos ou tendências. O importante é que Aleilton, se pode ser inserido na linhagem deste ou daquele autor, não é epígono, nem imitador de ninguém. Na avaliação de conjunto, sai de suas admirações literárias com seu próprio texto, com seu próprio estilo, com suas marcas pessoais e seus defeitos particulares, se é que afinal existe defeito em literatura. Enfim: Aleilton é Aleilton, com ou sem influências. E reconhecidamente destaca-se na mais recente geração de contistas baianos, como destacou-se em meio a quase três centenas de concorrentes de todas as partes do país, no concurso da

Academia de Letras da Bahia e da Braskem, conquistando o Prêmio Nacional Herberto Sales, Conto 2001.

Não é de estranhar, e não causou estranheza a quem acompanha este autor, com dois bons livros de contos anteriores a este, quem o encontra incluído em antologias, quem o conhece sempre citado como uma das novas referências do conto baiano, quem o sabe, finalmente, professor universitário, mestre e doutor em literatura brasileira, fundador e editor de uma respeitada revista literária baiana. Então já não são os clarins de uma alvorada a tocarem neste livro. Várias horas se passaram do amanhecer, embora talvez ainda não tenha chegado o meio-dia e falte muito para o cair da noite. O que vale dizer que este premiado *O canto de Alvorada* encerra igualmente a promessa de muitos outros cantos — ou contos — após ele.

Verdade que este livro apresenta a singularidade de ter sido organizado para um concurso, o que sempre impõe a limitação de um regulamento. Por exemplo, na quantidade de contos, estabelecida em sete. Mas, nestes sete contos apresentados, encontra-se uma boa amostragem da contística de Aleilton, de ambientação rural, mas com as primeiras incursões no urbano, como no ótimo "As marcas do fogo", cujo desfecho coincide com um dos momentos trágicos da cidade de Salvador, o incêndio do Mercado Modelo. Mesmo com tão escasso conjunto, não tenho receio de afirmar que alguns dos contos aqui apresentados passarão a figurar nas antologias, ao lado do que melhor se tem feito neste gênero, na Bahia. Entre eles, esse "As marcas do fogo". Outro, o excelente "A última partida", um conto exemplar, humano, verdadeiro, comovente, e que até parece ter nascido com o destino privilegiado das antologias. Talvez seja este, até agora, o melhor conto de Aleilton Fonseca. E, claro, o conto título, a história de um galo de briga e seu criador, a cruel realidade das rinhas, onde a vitória de uma ave significa quase sempre a morte da outra, e isto decidindo o lucro ou o prejuízo nas apostas, o orgulho ou a humilhação dos criadores. Contos envolvendo bichos, não sei por que, quando bem-feitos, como este, em geral resultam ótimos. Mas preferência é preferência, e haverá quem prefira "Notícias de Malino", "Os dias de Chôla", "Descanse em paz" ou mesmo a homenagem ficcional ao nosso grande e inesquecível Herberto Sales.

Digo apenas, para encerrar, que só acredito em escritor que tenha vocação e talento. Vocação para persistir e, no caso brasileiro, enfrentar as enormes dificuldades que os autores vêm enfrentando em todos os setores, da edição à distribuição, da divulgação à venda dos seus livros; e talento para erguer uma obra que possa ser vista e admirada. Aleilton Fonseca, o Garimpeiro dos Sonhos — foi este o seu pseudônimo no concurso que premiou este livro —, tem os dois. Sua lavra é fecunda e rica.

O canto de Alvorada

O dia já clareava, com os avisos dos pássaros. A hora certa do canto de Alvorada. Era um belo galo, senhor absoluto da primeira hora da manhã. O nome era um batismo de fé num futuro de glórias. Alvorada, desde frangote, já dominava o terreiro: distribuía bicadas nas canelas dos galinhos que ousassem desafiá-lo. Mestre Ambrósio, anos a fio a criar galos de raça, saberia a hora certa de fazê-lo descer à rinha para brigar. Criador experiente, em cada ninhada escolhia o filhote que daria um lutador imbatível durante várias temporadas. Muita fama, algum dinheiro, sensação e certeza de que a rinha continuava firme, apesar da recente proibição. Na cidadezinha, um lugar sem outros atrativos, muitos gostavam das rinhas, nos fins de semana. Era a única diversão de peões, feirantes, pedreiros, vendeiros e até de algumas pessoas influentes, que ajudavam a manter a rinha funcionando.

Mestre Ambrósio confiava no futuro de Alvorada. Aquele galo, sim, o melhor de todos. Ia ser, com certeza. Na hora certa, quando estivesse preparado, com esporões em riste, entraria na arena para estraçalhar. Com apostas de favorito, transformaria em pinto qualquer um dos valentões calejados de pelejas e vitórias. Os freqüentadores da rinha acompanhavam o crescimento do galo, admiravam-se da dedicação do tratador e de sua fé na força do animal. Alvorada já era famoso na praça, antes mesmo de iniciar sua carreira de glórias. Era conhecido dos maiores apostadores, que já viviam na expectativa de assistir a sua grande estréia. Alguns arriscavam uma proposta pelo futuro campeão, ouvindo todos a mesma recusa do treinador:

— Este galo eu não vendo por dinheiro nenhum.

O galo já valia uma fortuna. Promessa certa de grande desempenho. Os apostadores queriam vê-lo em ação, mas mestre Ambrósio não tinha um qualquer de pressa. Já adulto, o animal estava forte e arisco, não encontrava páreo nas lutas de treinamento. Do alto de seu canto, agitava as asas com firmeza e harmonia, riscava o chão, marcando seu território, absoluto no terreiro. Galos experientes, com vitórias contadas, apanhavam, baixavam a crista diante das bicadas e dos esporões do futuro campeão. Mestre Ambrósio sorria, satisfeito. Tinha certeza, já previa os lances das melhores brigas no meio da rinha. Alvorada faria estrago, invencível anos e anos. Ia ser, mas na hora certa. Por enquanto, esperassem.

Ambrósio sabia: era preciso ter calma e calcular o momento certo da estréia. Uma coisa era o terreiro, calmo e arejado. Outra coisa era a rinha, o círculo apertado, o barulho da platéia, a pressão dos olhares. Alvorada tinha força de brigão, mas ainda não estava pronto: faltava muito pouco.

O criador tinha uma afeição diferente por esta ave. Era o resultado de muitos cruzamentos de galos de raça com as fêmeas mais ariscas. Desde que deitara aqueles ovos de casca áspera, mais dura que o normal, tivera a intuição de que um deles daria um macho dos melhores já produzidos no seu terreiro. Acompanhou o choco passo a passo, cuidou para que a galinha não demorasse a voltar ao ninho, para que os ovos não esfriassem nem gorassem. As semanas se passavam; agia ali a natureza, com seu ciclo perfeito. O futuro galo de briga ia-se gestando.

Quando os ovos começaram a se romper, um deles exigiu bicadas mais fortes do filhote. Ele veio à luz, estreou um pio repetido, forte, meio esganiçado, desde já imponente. Era um bom sinal. Certeza de canto firme e asas poderosas. Por coincidência ou cuidado, Ambrósio estava por perto e ajudou a alargar a saída, afastando as cascas com a unha. Riu, satisfeito, ao receber a primeira bicada do filhote em seu dedo. Ali estava, talvez, o animal tão esperado.

Mestre Ambrósio tocava há tempos o negócio da criação de aves de raça. Mas o que o empolgava mesmo eram os galos de briga, paixão herdada do velho pai. Nas tardes de sábado, a rinha era como um estádio. Os aficionados chegavam de vários pontos da cidade, com seus animais de estimação super bem-tratados, transportados em tipóias típicas, bordadas por suas mulheres ou encomendadas às costureiras das vizinhanças. Eram interessantes estas peças, com suas abas, com alças semelhantes às de sacolas de tecido, um bojo onde se colocava o corpo do animal e com dois furos paralelos, por onde passavam as pernas, que iam pensas, pelas ruas, ou em guidões de bicicletas.

A rinha fazia parte da tradição do lugar, funcionava ali há mais de cinqüenta anos. Um grupo de trabalhadores do interior de Sergipe ali se estabelecera, trazendo a novidade. O finado mestre Jorge, pai de Ambrósio, trouxera da terra natal, junto aos patrícios, os primeiros galos de raça e de briga, com a idéia e o sonho de tocar uma rinha. Começou com a cara e a coragem, devagar, com dedicação e vontade. O negócio foi prosperando aos poucos, com a criação e a venda de aves de raça. Mestre Jorge foi desenvolvendo seu tino de treinador, ganhou a experiência de preparar os frangotes para a luta. Os bichos, uma vez adultos, bem nutridos com milho e ração preparada em casa, tornavam-se pequenos gladiadores de penas.

A rinha era um templo: espaço de consagração e decepção, entre vitórias e derrotas. Ali começava ou acabava a fama de um galo de briga e de seu dono ou tratador. Tal como uma praça de touros, a rinha se desenhava enquanto palco de vida e morte. Os animais se enfrentavam com uma fúria silenciosa, olho no olho, crista a crista, a bicadas e golpes de esporões afiados. O sangue e as penas, num ruflar de asas ariscas, cristas diaceradas, os pescoços arrepiados. As batalhas levavam horas e se transformavam em tema de discussões, dias e dias. Nas paredes, algumas fotos antigas, outras mais recentes, os assentos de madeira em volta, como uma pequena galeria de circo. Era uma arena trágica para os galos, o deleite dos amantes do estranho esporte.

O galo que perdia o combate cambaleava até cair. Moribundo, ia para os tratos com ervas e ungüentos que pudessem recuperá-lo aos poucos, se agüentasse. Curado, poderia mais tarde retornar à rinha para as grandes revanches. Porém, se morresse em combate, ia direto para a chamada panelada de sábado, degustada pelos participantes do esporte, regada a cerveja. Já os vencedores cresciam no conceito de todos. Seu dono amealhava considerações. As apostas subiam cada vez mais. O animal pegava valor no preço, como subia o valor de um canário que cantasse melhor após a primeira muda de penas.

O tempo glorioso de mestre Jorge passou. O velho tratador não resistiu à decepção de ver o seu melhor galo, pelo qual chegara a enjeitar uma oferta alta em dinheiro vivo, perder uma luta e morrer na rinha. Trovão caiu feio, sangrado por um franguinho de primeira luta. Um golpe de sorte, um puro acaso. O velho Jorge entendeu o pressentimento que tivera naquele dia. Não tivera tempo de fazer a simpatia especial que dava mais força ao galo. Subestimara o inimigo, e Trovão morreu. O tratador, chateado demais, quebrou as regras: não deixou que levassem Trovão à panelada daquele sábado. Enterrou o galo no terreiro, como um ente querido, ao lado de seu saudoso cachorro perdigueiro. Depois disto, o velho Jorge perdeu a graça, ficou triste e desanimado. Não preparou nenhum outro galo de briga. Morreu com essa tristeza, sem jeito que se desse.

Mestre Ambrósio herdou o lugar do pai. Desde menino já acompanhava o velho, ajudava no trato diário das aves, aprendia a profissão por vivência e entusiasmo. E agora, experiente e afamado, sabia que cada galo tem a hora certa de subir ao ringue, encarar o inimigo de frente, sem cacarejar. Havia lá uns segredos que guardava para si mesmo, algo como uma superstição, que ele empregava. Quando preparava um galo para briga, tratava-o de maneira especial. Deixava-o a sós com as galinhas, dono do terreiro, por três dias. O galo ali se sentia senhor absoluto, sem rival que lhe disputasse as fêmeas. Horas antes da luta, o mestre recolhia a ave, prendia-a num abrigo ali mesmo no terreiro, e soltava outro macho em meio às galinhas. O lutador, privado de seus privilégios, e vendo o rival livre para desfrutar de suas fêmeas, ficava inquieto, riscava o chão com as garras, cacarejava alto, inconformado. Dali saía para a rinha certamente com muita raiva acumulada. E descontava no adversário, com toda a fúria, castigando-o a bicadas certeiras, com esporões vingativos. Depois da luta, o galo treinado por mestre Ambrósio regalava-se de volta ao convívio com suas fêmeas. Este era o segredo, guardado a sete chaves, que tornava mestre Ambrósio um treinador respeitado, já que vencer seus galos era um desafio quase impossível. E nisto também se apostava, quando e quem o venceria. A fama corria; vinham tratadores de longe, até de outras cidades. E os adversários eram cada vez mais qualificados. Galo de Ambrósio era invencível, até que um dia se provasse o contrário.

Muitos queriam ver Alvorada lutar. Alguns para admirar os lances de perícia adquirida nos treinos, outros com sede de ver o tratador derrotado.

— Está com medo de botar o galo na rinha, compadre?

A provocação irritava mestre Ambrósio. Por que tinham tanta vontade de derrotá-lo, se ele preparava galos para todos, se proporcionava espetáculos que valiam pelas apostas e pelas diversões? Ora, talvez por isto mesmo. Tudo fazia parte da mesma festa. A sede de pequenas crueldades permeava aquele esporte esquisito. Uma delas era o gosto de ver o favorito perder a briga, pela emoção da surpresa e do desafio. Degustar a carne de um favorito, inesperadamente derrotado, era talvez mais saboroso. Mestre Ambrósio se preocupava com isso. Mas estava certo de que não iam conseguir derrotá-lo. Alvorada estava pronto para brigar bonito, de igual para igual, com o melhor galo que aparecesse. Com a velha simpatia que o pai lhe ensinara, deixaria o galo enfezado e feroz, capaz de derrotar qualquer um que o desafiasse. Mas, e se não fosse um dia bom? E se Alvorada perdesse a briga, como acontecera com Trovão há tantos anos? Este era o receio do tratador, pelo amor que sentia pelo galo, um verdadeiro animal de estimação.

— Como é, vai ou não vai botar o galo na rinha? Ou está com medo?

— Vou, claro que vou. Vocês vão ver.

Espalharam o boato de que Alvorada subiria à rinha na próxima jornada de lutas. As apostas foram se multiplicando, nas rodas de conversas, nas praças, nas feiras. Era clima de festa esperada, sem volta. Mestre Ambrósio, de surpreso com a notícia, se viu enredado, que não podia recuar. Mas o treinador se perguntava se o galo estava mesmo pronto. E não havia jeito de adiar a estréia no sábado. As apostas cresciam, a notícia da luta se espalhava entre os interessados, corria até nas cidades vizinhas. Alvorada havia de subir à rinha sem falta, sob pena de provocar pilhérias, descrédito, desmoralização. E isto Ambrósio não podia tolerar. O galo estava bem treinado, forte, em forma. Certamente estava pronto para a briga. Mas isto garantia que iria vencer? No terreiro, o tratador observava a ave, que ciscava despreocupada, soberana. Ora, Alvorada venceria qualquer peleja.

No sábado, a rinha estava apinhada, entre conversas e animação, na torcida pelos galos, nas brigas preliminares. Os homens se acomodavam como era possível, na casa lotada, com visitantes de fora, alguns estranhos, com seus galos a tiracolo, gente de outras bandas. Chegava a hora de se definir o adversário de Alvorada, pela escolha da platéia ou pelo desafio da maior oferta em aposta. O desafiante firmava o valor da aposta que oferecia, como uma espécie de leilão da luta. Dentre os desafiantes da cidade, apenas dois fizeram um desafio, porém sem convicção de que pudessem vencer. Naquelas circunstâncias, seria honroso desafiar o galo de mestre Ambrósio, ainda que para dali ver sua própria mascote ir direto para a panelada de sábado.

Na hora de firmar o desafio, surgiu, da última fila, a voz de um visitante. Era um homem moreno, estatura média, cabelos grisalhos e bigode ralo. Nunca fora visto antes por ali. Trazia um galo à mão, numa tipóia bem bordada, o bicho de olhos vivos, piscando sem parar, como que nervoso com o barulho do ambiente, de prontidão para a luta. Com voz pausada, o homem fez, em desafio, uma aposta dez vezes maior que qualquer outra oferta já cantada naquela rinha. E, diante dos olhares surpresos e silenciosos dos presentes, o desafiante se apresentou:

— Sou Manuel Ramos, venho de Estância, cidade de seu pai. Sou filho de um velho compadre de seu Jorge. Eu também trato de galos de briga; aprendi com meu pai. Eu soube de sua fama, resolvi vir para o desafio. Este aqui é o melhor galo que já tive na vida. Venho cuidando para que seja um vencedor. Estréia hoje para valer, igual a seu galo. Vamos ver quem é melhor.

Mestre Ambrósio coçou a nuca, acariciou a crista de Alvorada na tipóia vermelha, com frisos brancos. Pensou um pouco. Não havia mais jeito. O desafio estava posto de forma irrecusável. Era confrontar Alvorada contra o galo do visitante, que aparentava ser um treinador experiente, firme e confiante. Era um lance arriscado, mas não podia recusar.

— Muito prazer, seu Manuel. Aceito a aposta — disse, com certa preocupação, diante do vozerio geral.

Na hora da luta, cada tratador fazia os preparativos finais para o combate. Acertavam os esporões de metal nas patas dos bichos. Massageavam as asas e o pescoço, apertavam o bico, abrindo e fechando algumas vezes, faziam gestos de avançar com a mão sobre a ave para apurar os seus reflexos. Diante da expectativa da platéia, inquieta, em conversas e comentários animados, era hora de se iniciar o combate. Como um ritual, os galos eram apresentados à platéia, seguros pelas asas pelos treinadores, em lados contrários da arena de luta. Assim alçados, ao sinal de uma contagem de um até três, soltavam-se as aves na arena mortal.

Os dois galos logo se encararam, arrepiando penas do pescoço e das asas, cabeças em riste, olhos adrenalinos. Reconheciam-se já em disputa pelo mesmo espaço, correram para o centro da rinha, em franco combate. Era a sorte lançada. Um balé de gestos agressivos, numa coreografia de volteios, saltos, golpes, espera, avanços e recuos, diante da gritaria animada dos torcedores em volta. Dois galos bem treinados, uma briga com lances espetaculares, como poucas vistas por ali.

Eu, narrador futuro, me espremia num canto, mais atrás, firme na ponta dos pés para ver os lances da briga. Sorrateiro, bem quieto, com medo de ser posto para fora, pois proibiam meninos naquele lugar. Mas o dia era de total atenção ao centro da rinha, ou, pelo simples, toleravam minha presença discreta. A cada bicada, a cor avermelhando-se nas cristas e pescoços dos galos, isto me deixava preso no misto de angústia, pena, expectativa, sem saber para que ave torcer, com medo de ver uma delas, cada qual tão bonita, cair derrotada na rinha, entregue ao abate, direto para a panela.

Em meio àquela gritaria, as aves guerreavam, em gestos acirrados, mostrando os efeitos de treinamentos requintados. Manuel, nervoso e arisco, gritava para seu galo desafiante:

— Vamos, Veloz! — revelando o sugestivo nome do combatente.

Mestre Ambrósio permanecia calado, concentrava-se em estudar, nos lances dos animais, qual era a tendência da luta. Embora calado, notava-se uma aflição no seu cenho enrugado. Ele sabia quando uma briga era das mais ferozes, daquelas que deixavam um galo morto e outro bastante estragado. E esta era uma briga das mais perigosas. Ele avaliava o esforço das aves, sentia, pelos saltos e golpes de Veloz, que Manuel era um excelente treinador.

Ia a luta se desenrolando, de parte a parte, os bichos se atacavam, se revezavam em golpes mais fortes. Veloz era melhor nos saltos, quando suspendia o esporão de forma perigosa para Alvorada. Ia acertando-o na coxa, sempre arriscando encaixar um golpe certeiro, talvez mortal. Estes golpes repetidos serviam para minar a resistência do inimigo pouco a pouco, deixando-o sem forças para saltar, para avançar. Com o tempo, ia se cansando, ferido na base, acabava se entregando aos golpes fatais do adversário. Alvorada era mais forte, atacava com mais consistência e, às vezes, acuava Veloz num ponto da rinha, de um lado ou do outro. Havia equilíbrio, a luta mostrava-se empatada, sem vantagem clara para qualquer uma das aves.

Nas brigas de galo acertava-se, por acordo, um intervalo. Servia para descansar um pouco os lutadores, quando se julgava a luta empatada. O treinador podia ajustar as esporas dos bichos, limpar os pescoços sanguinolentos, massagear o peito, refrescar com um curioso banho. O treinador enchia a boca de água gelada, segurava a ave diante de si, na altura do seu rosto, e borrifava, soprando o líquido da boca no corpo da ave, daí massageando o peito e as coxas para aliviar as dores e a tensão. Alguns acariciavam seus galos, até beijando-lhes o pescoço como incentivo à luta. Mas cada treinador só podia pedir um intervalo de cada vez, e se o outro concordasse. Só tinha direito a novo pedido depois que o adversário usasse o mesmo direito.

A briga empolgava a platéia. Os galos não decepcionavam. Alvorada distribuía toda a sorte de golpes, conforme seus treinos mais requintados. Veloz, no entanto, era um galo surpreendente, forte, bem treinado, ou mesmo o que se diz: Um galo bom de briga! Um páreo duro para mestre Ambrósio. Os bichos seguiam em saltos, bicadas, negaceios de asas, olho no olho, procurando acertar um ao outro com os esporões em riste. Um balé de golpes e saltos, desenhando ziguezagues na arena, uma coreografia que deixava respingos de sangue pelas cabeceiras do ringue, no revestimento de um tecido rústico com enchimento acolchoado. A platéia admirava-se da disposição das aves na briga. Os mais empolgados faziam novas apostas. Alvorada e Veloz recebiam novas cotações. A torcida quase que dividida, uns até apostando num improvável empate, se ambos restassem vivos, mas esgotados, sem forças para lutar. Seria uma pena se um daqueles magníficos galos viesse a morrer, numa carreira de luta tão curta, mal iniciada. Podiam dar espetáculos contra inimigos mais fracos, fazendo o delírio dos torcedores.

Este narrador espichava o pescoço, procurava acompanhar a dança de golpes pelo tablado, prognosticando o fim das duas aves. Parecia-me que ambas estavam prestes a cair mortas, mutuamente vencidas, causando um silêncio de pena. Seria um castigo para todos aqueles homens.

A briga continuava e Veloz agora parecia estar em vantagem, acertando mais bicadas do que levava. Alvorada lutava, mas sempre recuando, com saltos cada vez mais baixos, sem alcançar vantagem contra o inimigo. Manuel, satisfeito com o desempenho de sua mascote, observava de esguelha, verificando o ânimo de mestre Ambrósio, se ele entregava os pontos. Mas a regra era clara: se o tratador entregasse os pontos, o galo perdedor saía desacreditado, jamais voltava a lutar na rinha. E Alvorada não merecia tamanha desonra, já que, em desvantagem, bastante machucado, lutava sem medo contra a fúria de Veloz. Mestre Ambrósio, observador experiente de quantas lutas, sentia que os golpes de seu galo atingiam o inimigo, mas não faziam um bom efeito. E viu que, pela posição que Veloz adotava, os esporões de Alvorada não o alcançavam em cheio. Restavam forças para reagir, mas os golpes não surtiam efeito. Assim, a sua derrota era uma questão de tempo, suas forças iam-se minando, o cansaço ia-lhe abatendo. Só um intervalo poderia reverter a situação, corrigindo-se o ângulo das esporas de metal. Era preciso fazer algo: uma parada, um borrifo de água gelada, uma massagem no peito, algo que salvasse Alvorada da derrota. Mas era nítido que Veloz estava vencendo e Manuel não consentiria em parar a luta. Confiante, enfrentava o olhar nervoso de mestre Ambrósio, diante da gritaria da platéia, que sentia a proximidade de uma definição na luta, uns apreensivos pelos valores apostados, outros comemorando a vitória iminente.

Os gritos se chocavam: Veloz! Veloz! Alvorada! Alvorada! O galo de mestre Ambrósio cambaleou pela primeira vez, junto à borda almofadada da rinha. Mas seguia lutando; aplicava os golpes de esporão, sem atingir o alvo em cheio. Neste momento, o tratador sentiu perto o perigo de perder sua ave predileta. Pensou em fazer algo, pedir uma pausa, sair da luta, salvar Alvorada. Mas não tinha coragem de ceder, pois sentia que o galo queria lutar, espanando as asas, perdendo penas, o sangue escorrendo da crista. Eram lances fortes, bicadas firmes, esporeadas no ar, cortes nas coxas dos gladiadores de penas, ambos sangrando, bicos abertos de cansaço, penas espalhadas pelo chão. A platéia, quase em delírio, seguia gritando a cada lance mais espetacular, aos gritos: "Vai! Aí! Bica! Vai! Sangra! Mata!" Era a expectativa de um lance fatal. Pelos movimentos da luta, muitos já esperavam ver Alvorada tombar vencido.

O galo de Ambrósio cambaleou mais de uma vez e, diante de uma bicada forte de Veloz, os torcedores já esperavam de pé pela queda fatal. Ali, quase solenemente, fez-se um silêncio longo. Uma espera, uma aflição, um galo bicava, o outro retrocedia, sem ânimo. Então, mestre Ambrósio, meio que em desespero, quebrou sua tradição: de calado, rompeu a pular e a gritar, com as palavras de incentivo que usava ao treinar o seu galo.

— Eia! Vai! Pega! Reage, Alvora! Enfrenta! Alvora!

Era só sua voz no recinto, nervosa, quase embargada, uma lágrima vinha brotando dos olhos cansados do velho tratador. Foram a voz e os apelos de Ambrósio? O que foi que deu ânimo novo ao galo? O que se sabe é que Alvorada soltou um cacarejo como um gemido de aflição, agitou as asas, riscou o chão e partiu instintivamente para cima do inimigo. Veloz, num lapso de surpresa, abaixou um pouco o corpo, recuando. Alvorada, por estar meio desequilibrado, acertou de lado, com o esporão em cheio no pescoço do inimigo. O golpe prostrou Veloz na rinha e este foi o último gesto de luta de Alvorada, que ambos tombaram lado a lado, com as cristas e os pescoços ensangüentados.

A luta chegava ao final, já se apurava o resultado. Ou se considerava o empate por esgotamento ou o empate por morte dos dois galos. Já se examinavam as aves, daí logo constatando: Veloz, sem reação, não respirava: estava morto, vencido, nas mãos de seu dono desapontado. Veloz, conforme a praxe, seguia dali para se juntar aos demais perdedores da tarde, como iguaria da panelada. Alvorada, sem reação, ainda respirava: estava vivo, embora extenuado. Já recebia os cuidados nos braços de mestre Ambrósio, agora feliz, aliviado.

Esportivamente, seu Manuel veio cumprimentar o mestre, e pagar a aposta devida. Prometia voltar para novas jornadas. E assim avaliou:

— Foi uma boa luta, em verdade um empate — disse, traindo no ritmo da fala uma certa tristeza. Dobrou a tipóia de Veloz, tentou enfiar num dos bolsos, mas não conseguiu. Então, olhou-a mais uma vez e atirou num canto, na minha direção. Eu peguei a tipóia do galo vencido, guardei como troféu que até hoje figura em meu velho baú de lembranças.

Seu Manuel se despediu, que já ia pegar a estrada, de volta a sua cidade. Ali, de ouvidos atentos, ouvi as suas observações, que deixaram Ambrósio em silêncio, preocupado.

— É uma pena. Seu galo é muito bom, mas, assim ferido, dessa noite não escapa.

Aquele sábado terminou em festa, com rodadas de cerveja, cantigas ao som de sanfonas e violões. A panelada já ia para o fogo e a expectativa era grande, pois diziam que galo bravo dava mais caldo, tinha mais sabor.

Mestre Ambrósio não ficou para comemorar. Seguiu para casa com o seu campeão na tipóia, muito ferido, num silêncio que só cedia a um ruído de cacarejo impossível, como gemidos de dor. Em casa, Ambrósio preparou beberagens que lhe enfiou bico adentro, passou ungüentos medicinais no corpo do bicho, tratou os ferimentos da crista, fez curativos no pescoço. Agasalhou Alvorada num ninho especial, com serragem e maravalhas finas, num canto bem arejado do terreiro. Ele se sentia culpado pelo sofrimento do animal e orgulhoso pela vitória contra o pior inimigo que já vira na rinha. Manuel era um treinador dos melhores, com certeza. Ambrósio acariciou seu galo de estimação, abaixou-se e o beijou no bico. E, aproximando-se das aurículas do bicho, disse: "Boa-noite, velho!" Mas logo voltou, para ficar observando-o mais um pouco. "Você vai escapar dessa, velho", ainda disse. E daí se recolheu, entre enternecido e confiante.

Na cama, sua mulher, dona Dália, já ressonava, que dormia sempre mais cedo. Ela detestava brigas de galo. Já deitado, mestre Ambrósio sentiu o cansaço do dia, dos anos, da vida. Pela primeira vez sofrera de verdade com uma briga de galo. Sentira um aperto, quase uma dor no peito, com medo de perder. Não pela aposta em si, mas pela vida do galo. Não queria ver o bichinho cair morto diante de todos, virar tira-gosto de sábado, devorado com cerveja. Agora, Ambrósio sentia: Alvorada não era apenas um galo; era seu animal de estimação, mais que um amigo. E se emocionou, lembrando do trato diário com o pinto, o frango, o belo galo. Vinha-lhe a decisão firme. Nunca mais entregaria Alvorada à rinha. Deixaria essa vida de uma vez, como Dália vivia lhe pedindo. Livre, Alvorada viveria solto pelo terreiro, a cobrir as galinhas de raça, como um verdadeiro reprodutor. Era o melhor galo de todos os tempos. Merecia ter uma linhagem, ninhada após ninhada. Os filhotes de Alvorada iriam povoar todos os terreiros, com aquele porte de campeão invencível, com aquele canto que encantava a manhã. Um canto que fazia os pássaros suspenderem a voz para o ouvir.

Ambrósio estava sem sono, via a noite se arrastar. Como se sonhasse de olhos abertos, revia os piores lances da luta. Imaginava Alvorada morto, como seria sua enorme tristeza. Mas logo revia as melhores cenas, e o lance final da luta: o galo inimigo tombando, Alvorada reagindo, olhos semi-abertos, ferido, mas vivo, vivo como sempre. Alvorada vivo!

A madrugada declinava, começava a clarear, com os avisos dos pássaros. Era a hora certa, como todo dia era, do canto de Alvorada. E, de repente, esquecido das feridas da ave, que também doeram, agudas, dentro dele, Ambrósio apurou bem os ouvidos. E, de lá do terreiro, ouviu o canto de Alvorada. Era o belo canto de sempre, absoluto sinal de vida, entre os primeiros raios da manhã. Era um canto nítido, claro, imponente, superior: este canto, este que só mestre Ambrósio ouvia, e que de agora para sempre ouviria, todo dia. Porque, nas redondezas, outros cantos longínquos assumiam o vago romper da manhã. No terreiro desolado, era só a alvorada que rompia e se elevava, e era alva como todos os dias. No entanto, estava envolta num silêncio de luto — que só se escutava, ali e além, o canto triste dos passarinhos.

Notícias de Malino

Era um vento forte, de sopro a sopro, se espalhando, que vinha do mar. Os coqueiros se perfilavam no ritmo, bandeavam-se para cá e para lá, entrelaçavam as palhas, num sussurro pausado, se encontrando num abraço: tchaaa... tchaaa. E poc! E poc! caíam uns coquinhos pecos.

— Desce daí, Malino!

Os homens insistiam neste grito, o vento ciscava os rostos curtidos pelo sol de beira-mar. O ar salino exigia o mareio dos olhos, as mãos em concha procuravam uma proteção possível.

— Desce daí, Malino!

Pois era assim, que descesse logo, já estavam aflitos. Quando o vento se aprumava nos sopros, os bailarinos, no que iam bambeando, ficavam um perigo que só. Decerto, os tiradores de coco desciam desabalados, até se arranhando nos peitos, em busca de se manterem a salvo.

— Desce daí, Malino!

— Ahuuuuu! Lá vai coco!

Esse entusiasmo ninguém sabia de onde: essas facilidades incríveis entre as palhas. Malino continuava no alto, abraçado ao coqueiro com um só braço... e os cocos: — Tuc! Tuc! — caíam, aos golpes, puxados dos talos. Esse Malino, como levá-lo a sério? Porque quem colhe coco assim só pode ser menino. E ele colhia em cada coco um jeito todo seu de ser, na pura felicidade. Quando ventava forte, no perigando mesmo, ele se transformava. Era um velejador de coqueiro, no balé das palhas enormes, como se ambos voassem:

— Ahuuuuu!... Lá vai coco!

A alegria de Malino era essa de colher coco desde sempre, sem outro tento mais que este. Os coqueiros eram seus amigos, nos abraços iam corpo e colmo se entendendo. E, desde menino, essa colheita sem paradeiro nos coqueirais da ilha. Neste trabalho, a paga era um quase nada, mas ele se remunerava com a alegria de subir aos cachos, encimando-se — frep! frep! — numa rapidez de se ver sem crer. Exibia-se satisfeito. E daí, sendo muito gabado, tornou-se atração para os veranistas que vinham apreciar os coqueirais.

Mas, e Malino — quem é?... E eu sei?! Quem é lá que sabia? Nem nunca se soube, quase, que meninos sem dono andam muitos nesse mundo. Tudo se define no simples: Malino subia nos coqueiros, primeiro por diversão de menino buliçoso. Por aí foi se criando. De coco em coco, tornou-se homem. Notaram que ele dava produção: tirador de coco, no mínimo ganho possível, ou menos. Uma atração da ilha, conforme já foi narrado. Trabalhava de brincadeira, não respeitava chuva nem sol, quanto mais vento: um habilidoso.

Entretanto, agora, era outra parte, depois de percalços que só adiante se revelam:

— Desce daí, Malino!

Ele nem escutava, e agora a ponto de chover o mar inteiro. Relâmpagos e trovões açoitavam as ondas, numa luta sem razão. As rajadas de água ameaçavam pôr o dia a perder. Os homens, como de costume, buscaram abrigo no depósito, ali perto, divertidos da chuva friinha bulindo no solo de areia quente. Os ventos desdobravam-se em assobios cortantes. Na ilha a tempestade só se avisa na chegada.

Eis um corte no tempo, voltemos aos entrechos. A história torna-se melhor nos descontos, avançando pelos arredores. Eu vim à ilha fazer uma reportagem. E me vai saindo este texto, das anotações para as teclas. São as asas do ofício: sou escritor, mas quem me sustenta é o jornal. No entanto, entre uma reportagem e outra, eis que retomo o livro que não consigo concluir. Sejamos reais nas entrelinhas: esta é minha ficção, a história de Malino.

Eu agora voltava à ilha, em busca de entender os imprevistos que me contaram, por acaso, quando atravessava a baía a bordo do *ferry-boat*, em busca de sossego e lembranças. O fato merecia uma nova abordagem, eu resolvi apostar o feriado. Uma matéria que o chefe sequer requisitou, eu a faria assim mesmo, aventurando-me ao ineditismo. Aliás, há muito eu planejava essa volta. Só não contava com as novidades.

No primeiro texto, escrevi: *Na ilha nada muda, a não ser o tempo.* Por duas vezes lá estive, deliciando-me com a água doce de cocos colhidos na hora pela própria personagem. O chefe me mandara fazer a matéria, com a foto do homem, para o caderno de turismo. Um homem do povo, a simplicidade em pessoa para turista ver. Malino era, então, muito jovem, forte, sorriso fácil, às vezes encabulado em sua alegria ingênua. Seus colegas assistiam aos passos da entrevista, uns quietos, outros gracejavam com seus dizeres. Percebia-se neles uma ponta de inveja pela súbita fama de Malino. Eu mesmo fiz as fotos. Ele vestia um calção rústico, corroído, exibia as correias em laço nas mãos. Fazia pose. Depois subia, descia, subia, mostrando sua habilidade com o curioso apetrecho que Aurélio chama de "peia".

— Este aparelho eu mesmo fiz, sim, senhor. Tem de ser fixo, bem-feito, porque se não...

Ele demonstrava a excelência do seu instrumento, não uma peia qualquer feita de corda: a dele era de couro, com laços muito bem-feitos. Qual fosse uma escada móvel, de passo a passo, o aparelho o transportava. E lá se ia Malino, viajando coqueiro acima e abaixo. Mostrava o alcance dos braços e do facão, para colher os frutos e aparar os panos secos trançados que a árvore tece para sustentar seus cachos.

— Subir no coqueiro tem ciência. Carece de se saber — ele me explicava, tocando a cabeça com o indicador.

Malino vivia desse modo, satisfeito de sua pequena fama enorme: tirador de coco verde. De saber em saber, descubro agora outros detalhes. Isto muda o tempo e a escrita: o enredo vira o leme, escapa de minhas mãos. A ilha se cobre de novas cores.

Um dia, Malino cismou de ter mulher. Por um só olhar, já se enamorava. Daí foi uma procura por festas, praias e feiras, de olhar e sorriso atentos. Mas não, ele não a achava. Da timidez para o explícito, declarava-se com facilidade, pois que ia querendo os jeitos de ser um homem completo. Tanto fez que virou pilhéria, as piadas e os gracejos o deixavam encabulado. Nenhuma mulher da ilha o quis, nem pesquiso os porquês.

Apareceu uma veranista — era do Rio? Era — que embarcou no passeio para ver o coqueiral de perto. E ela apreciou mais que isto, gostou de Malino, com aqueles gostares de mulher de fora — os ilhéus sabem muito bem. Ela não tinha sequer rodeios: foi logo declarando a beleza dele, e que olhos, que voz, que corpo, e outros ais de querer bem. Mira dispensou-se do grupo, sem alarde, foi ficando.

Malino, desde encabulado, tomou tenência, de sorriso em sorriso. Logo foi se mostrar nos recantos da ilha: ela pedia, ele se ofertava. Era o encontro do rio com o mar. Ela foi avançando pelas areias com seu olhar de ondas. E provou água-de-coco e também puxou conversas. Ele se deixava num aprender com rapidez esses tratos mais finos de homem e mulher. Dialogavam-se.

Mira encantou-se com a ilha? Alugou uma casinha de veraneio, mandou buscar suas coisas do Rio. Instalou-se com livros, papéis e anotações para escrever sobre a vida simples à beira-mar. Disse que já viera com este propósito, mas nós imaginamos outras coisas. Pois se ficaram juntos... eles, um casal de surpresa, na pura vontade de seus gestos. Era o amor? Como vou saber? Escrevo um conto, mas não adianto o epílogo. Não tenho cartas na manga. Façam suas apostas, pois eu, por mim, passo.

Ele subia nos coqueiros de dia e alçava-se ao amor de Mira entre luares e sopros salinos. Ah, as noites cálidas da ilha, a gente bem conhece...! Malino foi entremeando-se de ares diferentes, andava mais senhor de si, não ouvia as pilhérias dos outros.

As mulheres jovens da ilha é que o espiavam, disfarçadamente, com olhar de madalenas.

Malino foi aprendendo novas maneiras. Se andava descalço, suarento, em desalinho, só de calção, começou a pegar o jeito de andar calçado, banhado, escovado, penteado. Se antes comia qualquer coisa que fosse, logo tomou gosto por pratos requintados. "Quem te viu, quem te vê", os outros diziam. Comentavam que a vida boa pusera o homem em modos mansos. Cheio de si, ele reassumiu seu nome, e agora se chamava Omar.

Na ilha as horas não têm pressa... espreguiçam-se. Malino foi rareando no coqueiral. Tirar coco ficou custoso e sem graça, era cansativo e pouquíssimo rentável. Então, ele deixou o serviço. Ia mais à pesca, nas tardinhas, e aprontava os peixes do jantar. Encontrava mais vontade de ficar em casa, servindo a Mira com a presença e os outros préstimos. Ele também ajudava na pesquisa: informava, mostrava coisas, dizia palavras novas. Mira anotava tudo, e as páginas do livro iam avançando. Os dois se agradavam, sem se darem conta dos rodeios do tempo. Nesse ritmo, sorriam juntos, no mesmo tom. Ela era a perfeita rima.

Devagar se vai ao longe, como os barcos de aventura. Mira ia ligeira nas pesquisas, começou a fazer viagens ao Rio. Uma vez levou Malino com ela, pelo prazer de vê-lo inserido noutras paisagens. Foi um mês e pouco, e ele voltou muito mudado. Até o embalo das pernas era outro, o corpo e a voz gingavam. Só falava sobre a cidade imensa, embora com um medo abismado de lá. E ria ao lembrar do morro de pedra que chamavam de pão. Nesta parte, era até engraçada a vida, mas isto não cabe às considerações finais.

Um fim de tarde, Malino voltou de uma pesca animado. Ia fazer um ensopado, mas os peixes tiveram de esperar. Mira estava muito diferente. Acabara de escrever o livro, sobreviera-lhe um vazio tedioso. Estava muito irritada, apagando a primeira letra do próprio nome. Ele perguntou o que tinha sido, se fizera alguma coisa errada, que o desculpasse. Mira não respondeu. Ele tinha uns jeitos de indefeso que agora davam impaciência. O casal avançou numa longa discussão; ou melhor, ela só falava, e ele só escutando. Sem entender as palavras estranhas, Malino embarcou na imaginação, o queixo amparado pela mão direita, os olhos pescando o barulho das ondas. Ela enfim se calou: chorava? Saiu da sala e se fechou no quarto. A casa tremeu sob o impacto da porta.

Malino foi andar um pouco na praia. A lua cheia já saía do mar, se respingando em brilhos. Uns coqueiros, ali perto, farfalhavam-lhe o convite. Ele teve um estalo: há quanto tempo não provava a água de um coco verde? Teve vontade de colher um fruto, como nos velhos tempos. Lembrou do seu último aparelho de subir, que já se acabara. Assim mesmo, solto, de mãos nuas, aprumou o corpo, abraçou o coqueiro e avançou para o alto. Mas, sem peia, as mãos e as pernas reclamaram da aridez do tronco enrugado da árvore. Doíam-lhe o corpo e o tempo. Malino sentiu que não agüentava mais. Pulou de costas, caiu na areia e ali ficou estendido, olhando para os cocos que zombavam dele, balançando nos cachos. Ali ficou quieto, e avançou noite adentro, acompanhando a lua que se apequenava entre as estrelas. Até que adormeceu sobre os lençóis de sal.

Dias passaram, Malino ficou alegre de novo: Mira, não. Ele não se poupava de qualquer esforço para vê-la sorrir. Ela ficava calada, pensativa, olhava-o de uma maneira difícil de se imaginar. Uma ternura saía de seus olhos e acariciava Malino de longe. Ela o relia no livro e também se revisava.

Uma semana depois, veio a novidade. Mira ia tomar a lancha, rumo ao continente. E daí seguiria para o Rio de Janeiro. Sozinha. Malino, cabisbaixo, nada pediu, em nada opinou. No dia da viagem, levou a mala até o porto das lanchas. Mira parecia alegre, repetia o tempo todo que ia voltar. "Vou acertar algumas coisas, e volto, ouviu?" E recomendava coisas, planejava novos passeios, quando desfrutariam de outros encantos da ilha.

A despedida foi um abraço longo, até com lágrimas. Ela é que chorava. Ele, seco, teimava no silêncio. O abraço se repetia, enquanto os outros passageiros se acomodavam. Quando a lancha empinou contra as águas, Mira lhe acenou com as palavras:

— Se cuida, amor! Até a volta...

Tudo que ele disse foi uma expressão vazia, gritada no olhar que se perdia na distância:

— ...!

Malino alongou a paisagem mar adentro, até que a lancha sumiu e o rastro de espuma se apagou nas águas. Somente ao entardecer ele voltou para casa e lá permaneceu entocado. Dizem que só saía à noite para andar a esmo pela praia, colhendo os reflexos da lua no relevo das águas. Às vezes, pescava um robalo, o peixe que Mira mais apreciava.

Desde aí, os dias se arrastavam lentamente, enquanto o mar fustigava as pedras sem qualquer ansiedade. Malino ficava atento aos horários certos, sempre ia ao porto das lanchas. Os atrasos agitavam suas veias. A cada lancha que aportava, deixando morrer o ronco do motor e se acalmarem as ondas ao redor, ele se renovava. E mergulhava ao fundo de sua esperança.

E Mira não voltava. A espera atravessava o dia, nadava contra as horas, invadindo a tarde, ia até o último horário da noite. Os olhos pescavam cada lancha que apontava no horizonte. E nada.

Uma noite, depois da última lancha apagar os faróis, Malino voltou para casa, sem tristeza. Sua esperança naufragava, e ele esqueceu de si no caminho do cais. De então em diante, retornou a andar de calção roto, de pés no chão, o corpo abandonado aos quereres do mar e do sol. E era preciso mais que pescar, pois o peixe requer o tempero do sal. E a noite é boa, mas um telhado fazia falta, que o senhorio pediu a casa de volta.

Malino precisou voltar ao antigo trabalho no coqueiral. Os amigos, ainda que pouco surpresos, o receberam com festa. Mas ele não sabia mais sorrir. Reaprender a colher coco não era o caso. Ele sabia, mas o corpo e a vontade se achavam enferrujados. Sem a mulher, ele se via sem rumo. A necessidade, entretanto, não tem emplastros. Malino teve de enfrentar seus inimigos de tronco íngreme, as palhas espalmadas e ressentidas. Ele estava de volta, e os coqueiros o desafiavam.

Eis o ponto em que se desatam os nós da peia: Malino agora se achava de novo abraçado ao coqueiro — ao mais que alto, o mais de todos. Precisamos reler o início:

— Desce daí, Malino!

Já se sabe que ventava muito, como nunca. Os coqueiros se perfilavam, no ritmo, bandeavam para cá e para lá, entrelaçavam as palhas, num sussurro pausado, se encontrando num abraço. De repente, não era mais um coco que rasgava o ar em linha reta. Era um peso de maior gravidade. Um baque surdo, um fardo fofo se estatelava no chão. Os homens acorreram do abrigo. Eis aqui o impossível: e era este quadro.

— Ele caiu... ou se jogou? — indagavam-se pelos indícios.

Muito acima de toda chuva, um risco de luz recortou as nuvens. Os coqueiros se inclinavam, com as palhas arrependidas, num bailado triste. Sobre a areia, um olhar inerte e desconsolado. E nenhuma lancha jamais alcançaria o porto a tempo.

Os dias de Chôla

Quando a família cresce, é preciso alargar o telhado. Por isso, as escavações iam avançando sobre uma parte do nosso jardim. Nossa mãe, com seus apegos, idealizou; nosso pai consentiu: ficássemos em casa. Eu e meu irmão Jorge, cada qual com o casamento marcado. A gente casava e permanecia no berço. Isto fazia parte dos esforços dos velhos para nos manter sempre unidos, para orgulho da família.

Escavemos as palavras, a gente encontra o que o tempo ocultou. Eis aqui a cena: os homens com enxadetes e pás removendo o solo arenoso em torno da casa. Ali entrariam pedras, ferros e cimento armado. Era o reforço das bases do nosso lar. Mais uma sala, dois quartos amplos, o corredor, somaríamos as janelas para ver melhor a vida. Talvez, mas...

Foi quando o ajudante atirou para fora mais um monte de terra fofa. Eu vi, de repente identifiquei: eram uns ossos. Alvos, pequenos, reveladores: os vestígios de um animal. Mas que restos mortais eram estes, se eu não me lembrava de nada? Paremos de escavar, ou melhor, escavemos mais fundo: vamos rever passagens e entrelinhas deste enredo. É preciso narrar para encontrar a cura. Ei-los, os ossos, eu remontava o esqueleto à beira do túmulo desconhecido. Pareciam os ossos de um cachorro. Neste ensaio de armar, minha mãe e meu pai acudiram-me com a surpresa:

— Olha, gente! Os ossos de Chôlinha... — minha mãe exclamou, enternecida, ao mesmo tempo em que levava a mão à boca, refreando-se.

Eu tive um choque! Meus pais se entreolharam, daí dirigiram-se a mim, talvez revendo os meus olhos vermelhos de outrora. As marcas do meu pranto amargo pelo desaparecimento da cachorra. Em que nuvens foram pairar aquelas lágrimas? Onde, em mim, escondiam-se as cicatrizes daquela dor? Mil interrogações crispavam meu rosto, deixando meus pais apavorados. Já era o fim da tarde, dispensei o pedreiro e seu ajudante. Eu precisava ajustar os ângulos desta construção, até mesmo embargá-la no ponto que me tocasse na planta. A doce história do lar estava suspensa para sofrer um inquérito urgente. Como podiam ser os ossos de Chôla?

Lembrar é travar o tempo para, de repente, ver melhor. As origens em suas fontes: Chôla aparecera, um dia, sem eira nem nome, abeirando-se no portão de nossa casa. Que isto conste às margens das anotações. Eu e Jorge brincávamos no jardim, vimos o bicho faminto ali farejando. Ela nos olhava quieta, pedinte e desconfiada. Deixamos a bola parar na grama e prestamos atenção no animal. Jorge deu um grito para espantá-la, mas o bicho devia ser acostumado com tais maltratos. Não arredou dali, apenas empinou a cabeça em guarda, sem ameaça, pronta para se safar. Eu observei: só pele e osso, mirrada, cão sem dono, largado pelas ruas. Abanava o rabo e olhava, furtiva. No que me aproximei, ela disparou na carreira, balançando os cambitos magros. Adiante parou e rosnou fraquinho, olhando para mim. Não latiu, gemeu, como se choramingasse. Conheci que ela sofria medo e fome, mas queria se aproximar. E logo me senti em condições, cativava-me aquele olhar triste, eu podia cuidar daquela criatura.

Enquanto eu formulava, Jorge já voltava a chutar a bola contra o muro e me chamava, insistente.

— Deixa essa vira-lata besta pra lá! — ele exclamou, chateado.

Era o irmão, mais velho que eu, talvez menos ingênuo, não gostava de animais de rua, a não ser para escorraçá-los. Como eu não voltava, ele ficou impaciente, pegou um torrão de terra e arremessou por sobre o muro, antes que eu gritasse: não! A terra espatifou-se diante do animal, que apenas recuou um pouco e continuou me espionando. Eu, indignado, enfrentei meu irmão aos gritos de "seu malvado!" e o empurrei com as forças reunidas pela raiva. Ele levantou-se da queda e já veio em cima de mim com os punhos armados. Meu pai, atraído pelo barulho, então acudia, como sempre, livrando o meu lado, oficialmente o mais fraco:

— Que é isso, Jorge?! Não bata em seu irmão menor!

— Ele me empurrou por causa de uma cachorra relenta! — protestou, me enfrentando com cara de nenhuma fraternidade.

— Que cachorra é essa, menino? — nosso pai indagou, curioso.

Eu senti a importância do momento, aquela pergunta me dava a vez. Puxei meu pai pela perna da calça, guiando-o até o portão.

— Olhe lá, pai, minha "cachola", ela é minha, viu, pai? — a ansiedade me acentuava no difícil de pronunciar aquele erre.

O animal continuava por ali. Quando viu o adulto, embalou carreira pela calçada afora a balançar os cambitos, com o rabo magro entre as pernas. Adiante, parou, olhou para trás, com o mesmo jeito pedinte com que me abordara no portão. Meu pai riu de minha tolice, seu jeito divertido desdenhava da "cachola" vadia, sem marca nem referência.

— Ela foi embora, vão brincar e deixem de briga — ele conciliou.

— Quando ela voltar, vou cuidar dela. Não é, pai? — insisti no plano.

— Nunca! Eu detesto vira-latas, se ela voltar, vai levar uma pedrada — vociferava Jorge, com os brios espedaçados.

Assim, já íamos aos tapas de novo, se nosso pai não acalmasse os ânimos, abraçando cada um de um lado, com seus braços aconchegantes. Os irmãos estávamos estremecidos, mas neste momento era impossível brigar. Todavia, aí acabou o jogo de bola, eu só pensava na cachorra. A briga estava apenas adiada, o irmão maior não se resguardava de desaforos. A que tantas iam minhas idéias, meus planos, minhas palavras, quando eu deliberei cuidar daquele animal abandonado? Agora, estes ossos. Há mais terra a revolver.

Era noitinha, meu sentido pregara-se no portão; foi quando ouvi novamente o choramingo. Espiei, furtivo, vislumbrei um rabo canino que se empinava, entre as frestas de ferro. Era ela. O coração bateu mais forte, disfarcei-me do olhar de Jorge, fui até a cozinha. Sobre o fogão havia panelas, explorei-lhes o conteúdo. De uma delas, roubei uns pedaços de carne cozida e os escondi nos bolsos. Dei a volta, saindo pela porta dos fundos, sem que ninguém desse fé. Eu me aproximei da cadela; ela farejou-me os bolsos. Aparentemente me esperava sem medo, embora ansiosa. Coloquei os nacos de carne por entre as grades do portão de ferro. O animal, como que recuando, logo avançou no alimento, e o mastigava com voracidade. Eu depositei o último pedaço na parte de dentro do jardim e destravei o ferrolho. Abri a passagem a quarenta e cinco graus de aceite.

— Venha, entre... — sussurrei.

— Rrrrrr... — ela respondeu, bem que desconfiada.

Fez-se um breve silêncio. Eu esperava que a cachorra avançasse, a fim de fechar o portão: e ela seria minha, eu brincaria com ela, dando-lhe banho e comida todo dia. Mas era difícil convencê-la. O animal deu uma avançada brusca, abocanhou o pedaço de carne e, antes que eu fechasse o portão, lá se ia ela em correria, sem olhar para trás. Adiante, pôs a carne no chão, sentou-se sobre as patas e me olhou, como se pedisse desculpas. Ora, é que, atrás de mim, já vinha Jorge, chegava-se ao portão e me recriminava:

— A cachorra vira-lata de novo? Não já lhe falei?

Nada respondi, apenas vigiei-lhe o possível torrão que, felizmente, desta vez não lhe ocorreu arremessar. Fiquei por ali, meu plano era atrair a cachorra e prendê-la portão adentro, ela se acostumaria comigo. Mas Jorge, o insistente, denunciou-me à nossa mãe. Ela veio a mim, intimando:

— Que história é essa de cachorro da rua, menino?

— Não é da rua, não, mãe... é minha — expliquei com convicção.

— Não quero você mexendo com cachorro de rua...

— Mas ela já é minha, mãe... — justifiquei.

Minha mãe esticou-se no portão e lá estava, plantado mais adiante, o animal que, aliviado, lambia os beiços e, sempre, mantinha o seu olhar em minha direção.

— Ah, coitada, tão magrinha!

Esta frase de minha mãe gostei de ouvi-la. Ela sinalizava em favor de meus planos. Maturei o silêncio uns segundos; depois me arrisquei, em tom calculado:

— Então eu posso cuidar, não é, mãe?

— Talvez, será que ela se acostuma aqui?

O incansável Jorge, não logrando conquistar posição junto a minha mãe, fora chamar meu pai, que já se aproximava com a sentença demais precipitada.

— Não, de jeito nenhum. Pode ser um perigo — ele disse, para alegria de meu irmão, que já me esboçava o seu riso vencedor.

— Ela é boazinha, pai — começava em mim o futuro advogado.

Daí houve o debate fulminante, de pai e filho, enquanto a cachorra esperava, alheia à resolução final da família:

— Pode ter doença.

— Eu curo.

— Pode ser brava.
— Eu amanso.
— Pode dar trabalho.
— Eu cuido.

O que houve, em seguida, foi um recesso no tribunal. Meus apelos seriam providos? Ficamos calados, os três deram as costas ao portão, meu pai me aconchegou debaixo de seu abraço, carregando-me para dentro de casa. Dentro em pouco, foi o jantar, a novela das oito, a hora de dormir se aproximava. Eu só pensava na amiga que esperava lá fora, ao relento, no seu viver vadio. E tinha certeza: a cachorra sabia que eu queria ser seu dono, ela aceitava se entregar aos meus cuidados. De mim ela não tinha medo, já me insinuava sua confiança. Eu precisava inventar um jeito.

Que dormir? Minha mãe veio contar a história de sempre, sentada à cabeceira de minha cama. Do outro lado do quarto, Jorge lia suas revistas em quadrinhos. Eu não tinha vontade de acatar o sono, embora bocejasse, inquieto. Um conto de fadas me acalmaria? Que história eu queria ouvir? Desta vez, minha mãe pasmouse: em vez de ouvir, eu queria lhe contar uma aventura. E lhe narrei, a meu jeito e modo, ou como agora é possível reinventar: era uma vez uma cachorra pobre que passava fome. Ela não tinha onde morar. Vivia solta na floresta perigosa. Um dia, apareceu um menino bonzinho que tomou conta da cachorra. Ela ficou gorda e bonita e virou caçadora. O menino também virou caçador. Eles mataram o lobo mau e foram felizes para sempre.

Jorge, o insensível, me olhou com cara feia. Minha mãe me sorriu, ficou pensativa. Depois, deu um beijo de boa-noite em cada filho e saiu, apagando a luz. Jorge virou-se para o lado, eu já começava a me revolver no lençol. Não consegui pegar no sono. Como dormir, se a pobrezinha estava lá fora? É, para conseguir adormecer, não bastava contar cachorrinhos.

Eu fiquei de plantão. Vigiava, pelo barulho, o passo lento do relógio da sala. Mais tarde, apurei os ouvidos: eram os gemidos da cachorra que eu ouvia? Parecia-me que ela estava me chamando. Saí, fui para a sala, passo ante passo, o coração aos pinotes. Dirigi-me à janela do lado que dava para o jardim. Embora fosse costume pular aquela janela, agora me parecia muito alto de lhe alcançar o ferrolho. Peguei uma cadeira, com todo cuidado, subi e fui virando o ferro devagar. Abri e me deparei com a noite lá fora, a brisa marinha açoitando as folhagens e, de lá do portão, vinha o chamado. De onde me veio coragem? Pulei a janela como um felino, o coração se acertava em melhor ritmo. Sim, ela estava ali, me esperava. Balançou a cauda, toda contente, ao me ver por entre as sombras do luar. Eu lhe sorri e o animal assentiu, aproximando-se ainda mais dos ferros do portão; ficou quieta, de boca aberta, a língua em amostra, salivando. Era abrir-lhe o portão, ela estava ansiosa para entrar... Mas, e o cadeado? O cadeado, ora, estava sem cadeado... Mas como? Alguém tirara o cadeado que meu pai toda noite ali colocava? Ele se "esquecera" de colocá-lo? Esta reflexão só agora me ocorre, quando revejo a cena. Naquela hora, eu apenas me redobrei na alegria de ver o portão ceder e a cachorra entrar para o nosso convívio. O animal passou por mim, rápida, foi se esconder em algum canto escuro do jardim. Eu ainda procurei vê-la, lá estavam duas bolinhas de fogo me espreitando num canto da cobertura aberta que servia de garagem.

Eu me dava por satisfeito, naquela hora. Encostei o portão, fechei o ferrolho. De retorno, pulei de novo a janela, fechei com cuidado, devolvi a cadeira ao seu lugar, fui direto para a minha cama. Pouco depois, já debaixo do lençol, notei que a luz do corredor se acendia, alguém averiguava nosso quarto. De olhos fechados, inventei ressonar, daí os passos retrocederam, a luz se apagou. Eu estava sozinho na minha empreitada... ou...? Já calmo, pude contar carneirinhos, uns poucos, que o sono me abraçou de vez.

No outro dia, levantei cedo, antes que Jorge. Corri para o jardim, procurando Chôla... e nada! Meu pai regava as plantas com a mangueira — isto significava que era um sábado, ou domingo, ou feriado, e ele não saíra para o trabalho. Com esta eu não contava, seria mais difícil criar o fato consumado. Eu procurava inquieto: onde se metera minha protegida? Estremeci de susto, quando me ocorreu a idéia mais certa: tinham-na expulsado de casa bem cedinho, antes de eu acordar. Ah, isto é que não dava, eu tinha os meus direitos. Pensei em inquirir meu pai, mas me faltou coragem. Corri ao portão, na esperança de que Chôla estivesse por ali, no aguardo de uma nova chance. Mas não, ela não estava. Eu quis chorar e senti que havia uma conspiração silenciosa contra mim. Que família de gente ruim eu tinha! Haviam escorraçado minha Chôlinha de casa!...

Meu pai notou minha inquietação, ficou me observando. Eu tentei disfarçar, mas ele se acercou de mim, com suas palavras carinhosas:

— Tá pensando na cachorra da rua?

Eu baixei os olhos, como que pego num malfeito, balancei a cabeça que sim. Meu pai se ajoelhou na grama, pondo-se à altura do nosso diálogo. E disse, quase sussurrando aos meus ouvidos:

— Olhe ali... escondida... debaixo do carro...

Tive um sobressalto, agora de alegria. Sorri, agradecido, para meu pai, corri e me abaixei atrás do nosso velho fusca. Lá estava Chôla, acuada, tremia de medo, coitada! Tinha-se encolhido num canto, certamente ao ser flagrada por meu pai, de manhãzinha.

Estendi a mão, ela se sentiu a salvo com a minha presença. Relaxou o olhar apreensivo e rosnou, me aceitando. Espichei o braço, ela deixou que eu pegasse na sua perna, arrastei-a devagar para fora. Ela ainda estava inquieta, mas se entregou. Meu pai, sempre sábio, retirou-se dali, deixando crescerem entre mim e o animal a simpatia e a confiança.

O sol de verão já esquentava. Eu e Chôla, nosso batismo de amizade se deu com um banho de mangueira, logo éramos velhos companheiros. Pude, então, conhecer o seu latido manso e humilde, era um animal amigo, gostava de brincar.

Isto estava bom demais para ser verdade:

— Essa cachorra horrível aqui? — era Jorge, o desafiante, com seus impulsos de mando.

— Papai deixou!

— Mentira, seu pirralho!

— Deixou, sim!

— Vou falar a mamãe!

Por trás de nós todos, veio aquela música suave da vitória, nas palavras doces de nossa mãe:

— Eu também deixei, Jorge. Não crie caso com seu irmão.

Jorge, o inconformado, fuzilou-nos, a mim e a Chôla, com seu ódio infantil. Eu lhe respondi com um riso debochado, dando-lhe língua discretamente. Ele entrou com passos pesados, enquanto eu saboreava um novo capítulo da minha infância.

Cuidar de Chôla me fez mais importante, eu me sentia superior ao meu irmão mais velho, já não dependia de suas ordens e de suas vontades nas brincadeiras. Eu agora tinha meus próprios divertimentos com o bicho de estimação. Levá-la ao veterinário foi, para mim, uma aventura, muito melhor do que ir àquela médica que me mandava tirar a roupa. Era bom cuidar da casinha de madeira que papai mandou fazer, eu adorava dar banho em Chôla, levar a comida de Chôla, cuidar da vida de Chôlinha. Ela nunca perdeu o seu jeito engraçado de cachorra vira-lata. Mas se renovou aos poucos: com casa, comida e carinho, tornou-se alegre, engordou o suficiente para tornear os cambitos, seu pêlo ficou viçoso, seus passos cada vez mais ágeis.

Aos domingos, costumávamos ir à praia. Ali ficávamos então: a brincar, a correr, a espanar água no raso, a correr atrás da bola na areia. É certo que me afastei muito de Jorge, o emburrado. Quase não brincávamos juntos, mas agora ele até que me tratava melhor, sem a autoridade de antes. No entanto, ele detestava Chôla; isto estava na cara e me preocupava muito. O máximo que podia fazer era se mostrar indiferente à existência do animal, suportando-o a duras penas.

— Você é mais irmão dessa cachorra horrível do que meu... — um dia ele me disse isto, enquanto eu abandonava um raro jogo de gude a fim de ir brincar com Chôla, que me chamava com seu rosnado pidão.

Nossos pais administravam a situação com jeito. Proibiam-me de levar Chôla para o quarto que eu dividia com Jorge, o descontente. Despistavam os pedidos de meu irmão: ele queria que a cachorra fosse expulsa da família. Eu, intuitivamente, dava tempo ao tempo: Jorge e Chôla fariam as pazes. Era só haver uma chance.

Um domingo, estávamos na praia, como de costume. Jorge, o solitário, gostava de ficar na água pegando ondas, mergulhando sem ir muito ao fundo. Eu mal ia à beira, sempre com Chôla, às vezes tomava o rescaldo das ondas, enchendo-me de areia por dentro da sunga. Nossos pais ficavam conversando sob o guarda-sol, de olhos atentos aos nossos movimentos — eu não me afastasse muito com a cachorra, Jorge não fosse muito para o fundo. Depois de um tempo, eu estava cansado das correrias, sentei-me ao lado de minha mãe. Chôla ficou ali por perto, como que farejando algo, se divertindo sozinha. Jorge virava peixe nessa hora, de onda em onda, ia-se lá nas águas.

Enquanto eu fazia um monte de areia entre as pernas, percebi os latidos nervosos de Chôla. De pé, apurei os olhos, nada de mais me chamou a atenção. Nossos pais conversavam distraídos. E a cachorra correu em nossa direção, latia inquieta, espanava areia com as patas nervosas, insistia, nos avisava. Meu pai colocou-se de pé, de chofre gritou "Meu Deus!" e saiu correndo para a água. Chôla correu atrás, minha mãe e eu acompanhamos. Era um momento aflitivo: ao fundo, as ondas estavam mais violentas, e meu pai lutava em busca de Jorge. As pessoas ajuntavam-se na beira da água, uns aflitos, outros curiosos, não havia salva-vidas naquele trecho. Chôla latia desesperada, tentando romper as ondas que lhe castigavam com tapas. Era um suspense, a gente sofria torcendo por eles, mudos de medo.

Meu pai venceu. Ele trouxe Jorge nos braços, deitou-o na areia. Meu irmão estava bem, fora salvo a tempo. Só o susto, uns engasgos, uns goles de água salgada. Minha mãe, entre lágrimas, abraçava e repreendia o filho. Meu pai, ajoelhado na areia, olhava para mim e para Chôla, ofegante, recuperando o fôlego e a cor. As pessoas já debandavam.

Eu continuava mudo e assustado, diante daquele perigo de repente tão próximo. Se não fosse a cachorra, Jorge teria morrido? Abracei Chôla e beijei-a no focinho. Ela se acomodou em meu colo e aceitava os agrados com um rosnar, se acalmando. Agora estávamos os dois ainda mais importantes. Jorge, o renascido, seria nosso amigo para sempre.

Minha mãe, sentada na areia, apoiava a cabeça de Jorge no colo, confortava-o. Meu pai, já aliviado, voltou-se para o filho:

— Você está bem?

Jorge sentou-se na areia, cruzando os braços sobre as pernas, disse que sim, estava bem. Ele apoiou as mãos sobre os joelhos, olhava as ondas ressabiado, enquanto cuspia, com uma careta, o gosto da água salgada.

— Graças a Deus... se não fosse Chôlinha... — comentou minha mãe, aliviada.

— Chôla nos avisou — disse meu pai, confirmando.

Que momento! Eu e Chôla nos preparávamos para as alegrias... Agora sim, seríamos uma família unida. Era viver e brincar. Mas, qual! Jorge nos fuzilou com uma raiva... Não! Aquilo era mais que raiva, um olhar terrível que fez Chôla se encolher no meu colo e gemer baixinho, tremendo de medo. Vi escorrerem dos olhos vermelhos de Jorge duas lágrimas, certamente as mais salgadas de sua vida. Eram gotas de ódio. Nossos pais se entreolharam sem graça, preocupados. Eu pus a cachorra, de novo inquieta, no chão; corremos para a beira d'água. Jorge, o humilhado, se levantou de vez, pegou suas coisas e foi para o estacionamento, com a cara amarrada. Seguimos atrás, todos para casa mais cedo. E nunca mais voltamos àquele trecho da praia.

Durante dias, ficamos mais silenciosos em casa. Nossos pais, cada vez mais preocupados, conversavam coisas a sós, em voz baixa. Eles se calavam assim que eu me aproximava com os ouvidos atentos. Jorge não me dirigia mais a palavra, ficou de mal por conta própria. Não fazia mais os deveres de casa. Começou a criar casos na escola. E praticamente tornou-se mudo, cabisbaixo, sempre muito amuado. Chôla e eu íamos vivendo ao largo de tudo. Eu sabia que existia um problema, mas não entendia direito o que era aquilo. O fato é que fui expulso do quarto que dividia com Jorge, o aborrecido. E minha mãe teve de me acomodar no quarto menor, somente usado por alguma visita ocasional. Certa vez, Jorge ficou dois dias sem sair do seu quarto. Ouvi minha mãe comentar que era a adolescência chegando.

Mas, só agora, diante dessas escavações, eu passo a descobrir com quantas pedras se faz uma casa. Jorge e eu, homens feitos, mais irmãos que amigos... Estes ossos... os olhares dos velhos, estas revelações. Minha mãe enternecida:

— Olha, gente! Os ossos de Chôlinha...

Uma semana após salvar meu irmão, Chôla sumiu. Depois de uma tarde de brincadeiras, tive uma boa noite de sonhos. No outro dia, cedo, não achei meu animal de estimação em sua casinha, nem em lugar algum. Ela sumira sem deixar rastros. Nem minhas lágrimas, nem meu desespero foram capazes de mover céus e terra em busca de Chôla. Primeiro, meu pai me quis convencer de que Chôla fugira. Ou fora roubada. Ou saíra à rua e se perdera. Eu não aceitava nenhuma destas hipóteses.

— A gente arranja outro cachorro para você, meu filho — feriu-me ainda mais minha mãe, sem querer.

— Não! Eu quero só Chôla, só quero minha Chôlinha!!!!

Dias depois, eu já magro e desolado, acrescentei um ar de luto ao meu sofrimento. Minha mãe me disse com jeito que a cachorra havia morrido. Mas nunca houve, para mim, a morte de Chôla. Segundo o conto que constava, antes desta revisão, ela adoecera de repente e, levada ao veterinário, lá mesmo morrera. Esta história eu ouvi, guardei, esqueci: e tratei de crescer, deixando o sumiço de Chôla como um ponto obscuro do nosso passado. Mas eu pressentia algo que ainda não sabia decifrar.

Escavemos mais esta terra, há mais pedras neste solo arenoso. O tempo torna estes ossos mais que claros. Diante de mim, eis meu pai, de olhar baixo; e minha mãe, com um gesto de desculpas.

Pode um homem feito chorar sobre uns pobres ossos de animal? Sim, duas lágrimas desapontadas, elas corriam de meus olhos, pois a dor da criança estava lá no íntimo do adulto e voltava a latejar, ainda mais forte. Eu agora acariciava a ferida daquele crânio fraturado, inerte em minhas mãos.

— Por que fizeram isso? Não me contaram a verdade, me enganaram...

— Desculpe, filho... você era criança, não ia entender... — minha mãe murmurou.

— Quem matou minha Chôlinha...?

Estas coincidências poupam palavras, era justo Jorge quem chegava da rua nesta hora. Ele empurrou o portão, vinha animado; de repente estacou, ao tomar consciência da cena. Seus olhos esmaeceram, buscando refúgio no chão, nesta passagem crucial. Eu me virei para ele, estendi o crânio de Chôla e, junto, ia-lhe a terrível interrogação. Jorge, longe de suas querelas juvenis, me abraçou com um braço, estendeu o outro e tomou de minha mão o crânio do animal. Houve ali um silêncio constrangido, a família como que tateava uma saída para um velho impasse.

— Eu matei Chôla. Me perdoe, eu matei... — meu irmão confessou o crime, com palavras doloridas.

— Mas foi um acidente, meu filho — minha mãe quis explicar, temerosa de que as velhas brigas entre os irmãos viessem à tona: — Chôla amanheceu estranha, atacou Jorge e ele teve de se defender. Não foi, Jorge?

— Não, mãe. Isso foi mentira. Eu tinha ódio da cachorra, matei para me vingar. No dia, bem cedo, fui até a casinha, fingi uns agrados. Chôla veio toda alegre e eu, então, lhe dei um golpe na cabeça com o pau que tinha escondido às costas.

Diante do meu silêncio, ele se calou. A mim, só me restava reviver aquela ferida inscrita no osso e em mim, como se eu pudesse aliviar agora o sofrimento do animal. Eu conhecia enfim a sala escura do nosso lar. E só agora, como num jogo de armar, aqueles ossos passavam a fazer sentido. Houve, em mim, um estranho efeito. Senti aliviar aquela dor da infância. A minha família estava contrita, à espera de um gesto. Mas eu não lhes disse palavras. Peguei a ferramenta e busquei, à sombra da amendoeira, outro jazigo para Chôlinha. Meu pai, minha mãe e meu irmão cataram os ossos esparsos e me ajudaram a enterrar o passado.

A ÚLTIMA PARTIDA

Num mais que de repente, Linco ia se levantar dali de um pulo, com sua risada de mangação. A certeza nos aliviava, por hora, de uma dor mais funda. Pois se ele era tão fingido, nos metendo cada susto! Era só um esperar, os adultos se preparassem, que nem precisava lotar a sala de tanta gente para o maior efeito. Ele estava debaixo do lençol, bem quietinho, sobre o banco de madeira rústica. A gente queria ver de perto, era difícil.

Linco era assim mesmo, imprevisível, sempre que presepando coisas. Na maré, que corria ao fundo de nossas casas, ele inventava ondas. De uma vez das tantas, tomávamos um banho num fim de tarde. De mergulho em mergulho, ele sorveteu-se nas águas; nós esperamos que voltasse à superfície... e nada! Caímos em desespero:

— Linco sumiu, gente!

— Ele se afogou!

Os companheiros e eu tremíamos de assustados, quase nem tomando o ar correto, a gente escarafunchava as águas, nos mergulhos de busca. Abríamos o olhos, que ardiam, mais do que salinados, já com as lágrimas brotando.

— E agora?

Um silêncio nos assaltou, a maré nos pareceu monstruosa, doida para nos engolir também. Mergulhar desse jeito afoito dava logo um cansaço. A gente precisava boiar juntos, de mãos dadas, desfadigar. Então, ouvimos o desgramado, que saboreava a maior gargalhada, se enganchando nos galhos do manguezal. Ele prendera o fôlego, nadara por debaixo, voltando à tona escondido nas ramagens. Tudo isto um apronte só, o tinhoso, para colher de nós uns risos sem graça entre a raiva e o alívio.

Agora, ali na sala, cadê que não se denunciava logo em nova traquinagem? Acontecera de supetão, corremos à casa de Linco, depois de um certo rebuliço havido por lá. De logo a gente não dava passagem ao real, ele deixasse de manha! Isto já estava para lá de um despropósito. Era um demais, pois olhem o estado da mãe, coitada!

Estávamos atordoados, acotovelando-nos entre os adultos. Encostados à parede, a gente se firmava na ponta dos pés. O manhoso se levantaria dali — é claro! — dando o maior susto no povo. Era o caso para umas boas risadas. Linco estava para além das margens, no seu exagero. Depois, depois...

Mas, que manchas eram aquelas, de um modo avermelhado, ensopando uns quantos pontos do lençol? A gente espichava-se em mais um apuro de prestar atenção. Linco, ali debaixo, encoberto, a mãe dele se desconsolava num canto, amparada no abraço da irmã. Dona Aurora se revelava em desespero, uma noite imensa invadia seu rosto e já clareava o nosso entendimento. Houvesse mais coração para tanto pulo, a gente se via à beira de um choque. Mas como podia ser isso com ele? E com cada um de nós também podia, pois lençol, banco e sala todos tínhamos em casa.

Era um sábado. E amanhã haveria o jogo de bola, nosso time todo montado nos acertos de Linco. Era a final do campeonato de bairros, que a gente mesmo organizava para distrair os domingos. Ponta da Pedra, nosso esquadrão azul e branco, trajando as camisas que a Prefeitura nos dera, por pedido escrito e insistências de Linco. E o adversário não era mole! Enfrentar as feras do Malhado, uns até mais velhos que nós, e bons de bola, era fogo. Mas Linco bem que traçara uma tática nova. Como líder e goleador, garantia que íamos ganhar o troféu. E até fizera aposta de honra contra o dono do time inimigo. Quem perdesse teria de tomar banho no rio, todo nu, calado, sem poder revidar a gracejos nem gozações.

Agora, porém, eis que Linco... Mas como foi? Por quê? De déu em déu, a história se desatava nos sussurros, mas, para a gente, não assentava por certo haver o amigo em tal estado. Linco fora cedo para a praia desafiar as ondas, como gostava de fazer. Na volta, acabara recolhido naquela situação.

Este fato era difícil aceitá-lo, aquilo é que não podia! Linco desistisse do mau gosto, fosse dormir mais cedo que amanhã haveria um jogo duro. O time do Malhado não alisava, com suas jogadas e tramóias, dava de seis a zero na gente com facilidade. Mas, isto, só se Linco não jogava. Era quando ele ia cumprir as ordens da mãe, fazer lição de casa, estudar para as provas, sem outro jeito de escapar.

— Primeiro a obrigação, depois a distração — era o lema de casa.

Sem Linco nosso time era pato. Com ele sobravam as diferenças. Sob o seu comando a gente não se intimidava. Ele arranjava sempre uma das suas mais novas artimanhas. De cochicho em cochicho nos dava todas as dicas, nos colocava na função certa em cada parte do campo. A gente perdia por placar apertado, sem fazer feio. Outras vezes íamos vencendo, com sorte e com jeito. Foi assim, de gol em gol, chegamos à decisão do torneio, para surpresa de todos.

De uma outra vez, estávamos abatidos no aperto de cinco a zero, numa partida de seis. Era justo contra o temível Malhado. Perder de seis a zero, uma lavada para dúzia e meia de gozações! Nosso craque esmoreceu, comentava alto para todos:

— O jogo está perdido, não adianta! — e atirava a bola para o lado, atrasava-a para o goleiro.

Linco era o único jogador de nosso time que inventava medo aos adversários. Mas, naquela altura do jogo, parecia preso por um cansaço. Perambulava em campo, quieto, sem dar parte na disputa. Os caras do Malhado relaxaram, deram por ganho o combate. Era só questão de a qualquer momento marcar o gol de misericórdia e ir mergulhar no rio, zombando de nosso "timinho". Eles começaram a fazer firulas, com toques desconcertantes e às gargalhadas, dando um banho de olé na gente. A platéia de fora se deliciava. Os demais meninos de nossa rua, entre aflitos e conformados, se contorciam. De repente, apertamos a marcação, a bola deu rebote e foi quicando de flerte com Linco. Ele a tocou como quem não quer nada e, sem mais nem menos, inventou um chute torto e certeiro. No ângulo. Este gol nem o comemoramos, dada a indiferença do próprio artilheiro.

— É o gol de honra — ele murmurou, cabisbaixo.

Os meninos do Malhado nem sequer se assustaram. Continuaram desperdiçando as chances de vencer, mais interessados em nos dar aqueles dribles, colocando a gente na roda de bobo. Lá vai, de novo a bola lhes escapava. Linco apanhou a sobra e lá se foi nas fintas; deu um chute, agora chocho e enviesado, deixando o goleiro com cara de besta.

— Este é para a goleada não ficar muito feia — ele comentou, sem alarde.

A coisa ficou por conta. O pessoal do Malhado se ressabiou, atirando-se todo ao ataque, seis a dois ainda renderia uma boa pilhéria. Já o nosso goleiro, mais animado, se pôs a subtrair os graus dos piores ângulos. E a bola passava raspando, mas não entrava. Eu, reles zagueiro, com as canelas ardendo, me afogava no suor. Chutava para qualquer lado, procurando acertar as moitas de capim bravo, que dava tempo de respirar um alívio. E Linco, rente ao meio de campo, estava só que olhava o jogo acirrado sobre nossa defesa, num desinteresse de irritar. Lá um lance, a bola rebateu em minha cabeça e se foi aos caprichos de Linco, num contra-ataque fulminante. Ele rompeu nas costas de um zagueiro que perseguia as suas pernas serelepes. Não houve senões, o goleiro avançou firme, mal-encarado, Linco ziguezagueou-lhe um drible e o plantou na lama, com a bola na rede.

Cinco a três era já um acinte, os caras do Malhado endureceram de vez, dando-nos rasteiras e pontapés explícitos. E já se desentendiam em campo, trocando entre si uns feios xingamentos. Linco, sempre em surdina, de cócoras em campo, colhia uns matinhos e os mastigava, todo matreiro. Num avanço da defesa, o Malhado quase lavrava a fatura, mas nosso goleiro operou a mágica com as pontas dos dedos. A bola sobrou na minha frente, eu a chutei a esmo, sem querer encontrei Linco e já fui vibrando contrito, o gol era questão de segundos... pronto! O jogo em quase que empate. Cinco a quatro feria a honra do Malhado. Eles deram a nova saída, com as caras entufadas. O jogo passava dos limites. Nesta demora, as cigarras já nos recomendavam recolher a bola, a tarde já se ia turvando.

Já entendíamos o plano de Linco: ele se fazia de morto para ser visitado. Os malhadenses discutiam forte, erravam passes, os afobados, numa ânsia de nos liquidar de vez com o sexto gol. Armaram um abafa sobre nós, chutaram um petardo venenoso, nosso goleiro espalmou para escanteio. Linco intuiu o lance e recuou para nos ajudar. A bola alçada à nossa área, ele a matou no peito e a pôs no chão em desabalado rompante. Os caras, desesperados, gritavam para os da defesa:

— Pega! Agarra! Não deixa!

Qual o quê?! Linco rodopiava, deixando os zagueiros para trás, pulava para escapar de uma rasteira, se retorcia todo mole para fugir dos agarrões. E pimba! Entrou com bola e tudo, deixando o goleiro órfão e humilhado, prestes ao choro. Eis aí, mestre Antônio: o jogo estava empatado! Os "craques" do Malhado caíram de suas torres, fulminavam-se uns aos outros com raiva e nos assassinavam com o olhar. Culpavam a defesa e o goleiro, que maldiziam os atacantes. A gente nem tico nem taco! Era só tocar a bola, de olho nas treitas de Linco.

— Quem fizer um gol ganha! — o maioral deles vociferou o óbvio.

A gente conspirava em silêncio. O Malhado se perdia de vez em campo. Mas insistia, desordenado, em busca do último gol. Nossas pernas se multiplicavam, na resistência. Mais tarde, um menino vinha decretado com um aviso. A mãe de Linco o estava chamando, era a ordem de ir para casa. A gente queria aproveitar a chance de vencer, mas sem ele no ataque não dava.

— Vamos ganhar logo, que eu estou de partida... — ele disse, bem animado.

Linco correu até a defesa, pediu a bola ao nosso goleiro. Levantou a cabeça com ímpeto e irrompeu contra o time do Malhado. Ele sorria e avançava. Eu o segui de perto, vibrando. Na minha frente desenhava-se um ziguezague: driblou um adversário, dois, três, quatro... Arremeteu contra o goleiro deles, que saía do gol fechando o ângulo. Linco parou, como só ele parava, deu um toque sutil e saiu de lado. O gol estava diante dele, entregue e escancarado. Houve ali uma expectativa, o jogo já terminava. E ele me ofertou a bola: "Terto, faça o seu gol!" Eu, simples zagueiro, jamais provara aquele sabor. Então eu mesmo rolei, bem de levinho: e a bola foi sorrir no fundo da rede.

Todos corremos para ele e gritávamos gol e nos abraçávamos, era a virada de seis a cinco. O invicto Malhado enfim derrotado, diante da platéia surpresa ao redor do gramado. Contra a nossa festa, o líder deles jurou vingança, de cara amarrada:

— Na próxima vocês vão ver!

Saíam de campo sem graça, mais que inconformados. A gente degustava a justa vez de zombar:

— Oh, timinho de patos!

E agora? Amanhã era a final, contra o ferido time do Malhado, cheio de brios pela revanche, com um ressentimento bairrista demais. Prometiam nos bater de seis a zero. Eis que era chegada a hora, e Linco naquele pior estado. A par de tanta tristeza, as nossas lágrimas prosperavam, renovando-se nas lembranças daquelas glórias repassadas. De nossa parte, era a vez primeira de enfrentar esse tipo de jogo, totalmente vencidos. E cada um de nós compreendia, a seu modo e tanto, o quanto gostávamos daquele menino. No entra-e-sai da sala, ninguém podia efetuar o total que sofríamos. Sem o nosso amigo, sentíamos o vazio de uma enorme parte de nós mesmos. Tínhamos muita pena de Linco não jogar aquela última partida. Ele, com tanta espera e vontade, planejara a grande vitória. Um ou outro de nós se arriscava, em meia-voz, para o maior silêncio dos pares:

— E o jogo de amanhã?

Primeiro concordamos com a idéia de que não haveria o jogo. Os caras do Malhado tinham de compreender o respeito devido a Linco, o motivo de força maior. Aliás, que jogo teria graça para nós, naquelas circunstâncias? Estava, então, acertado. Passava da meia-noite, de qual a qual íamos tombando de sono. Cada um procurou seu caminho de casa.

No domingo, pela manhã, nos reuníamos em frente à casa de Linco. Vinha então a embaixada do Malhado em nossa petição, naquele uniforme grená desbotado de sempre. Cadê nosso time? Era hora do jogo. Logo explicamos o fato, eles se concentraram no silêncio, com algumas perguntas esparsas. Depois entraram para ver o nosso amigo, já composto entre flores, perfilaram-se com respeito e tristeza. Não havia ânimo para a partida, com tal desfalque em nosso coração.

Todos de volta ao terreiro, daí batíamos uma bola solidária, numa roda de pé em pé, comungávamos a dor daquela tragédia. Num momento em que a bola resvalou da roda, fugindo de controle, veio dos amigos do Malhado uma proposta:

— Vamos jogar a partida — um deles se aventurou, meio que experimentando.

— Não dá — cada um de nós respondia, em conseqüência perfeita.

Eles insistiam que jogássemos em homenagem a Linco. Haveria um minuto de silêncio. Eles queriam o jogo, mas não lhes víamos nenhum sinal de revanche. Era razoável, de olhar em olhar nos entendemos: a gente jogava. Mas, com uma condição: seria a partida de um só gol. Quem marcasse primeiro ganhava o torneio, com respeito, sem festa nem gozação. Este jogo de futebol não podia demorar, pois sabíamos que, logo mais, Linco seria levado para outro campo. E todos o acompanharíamos em sua última partida.

— É nosso último jogo. Sem Linco, o nosso time acaba — alguém murmurou e todos acenaram que sim.

Vestimos o uniforme do time, em azul e branco, para o jogo final. A camisa de Linco ficou estendida no chão, próxima ao campo, invocando a sua presença. O juiz, que vinha do bairro Pontal, depositou o troféu sobre a camisa dele. E nos convocou ao meio do gramado. Depois do minuto de silêncio, que varou mais que sessenta segundos, demos a saída de bola e nos pusemos em disputa.

Era um jogo estranho, sem o mínimo ânimo de ambas as partes. O pessoal do Malhado nos dominava, mas chutava sem força, parecia que sem querer marcar o gol. Dava vontade de parar a partida, largar aquilo de mão, ir velar os últimos momentos de Linco. Após longos minutos madorrentos, os nossos oponentes improvisavam de novo:

— Vamos disputar pra valer, gente!

Outro de lá lançou um ajuste: o troféu ganhasse o nome de Taça Linco. E o tento da vitória seria o "Gol Linco de Ouro". De pronto concordamos, isto trazia um novo significado, valia a homenagem de nosso esforço. Abraçados em campo, reafirmamos a senha da vitória que o próprio ausente nos ensinara. Em seu nome, nos renovávamos com a vontade de vencer.

A partida reiniciou-se com outro espírito. O Malhado mostrava-se bem melhor, correto e persistente, em busca do gol. Para nós, restava resistir e lutar por honra, pois agora sentíamos Linco entre nós, suas palavras de incentivo e ensino nos alcançavam, minando de nossa memória.

Mas o empate persistia em zero a zero, quase à hora de Linco partir. Eu me senti tocado pelo desejo de oferecer aquela taça ao amigo, antes que a luz do mundo lhe fosse apagada para sempre. Então, deixei minha posição de defesa, me postei no lugar em que ele ficava, no todo que arisco, ao largo dos lances do jogo. A bola haveria de me procurar ali, com saudades do seu preferido. E enquanto aguardava o momento, eu imaginava um lance, um jeito dos que Linco sabia.

Os companheiros pareciam entender a tática, pois embarcaram num modo manhoso de chutar a bola, sempre que conseguiam, com muito esforço, tomá-la dos craques do Malhado. Do meio de campo, eu via o terreiro da casa, o povo já ia se aglomerando para o enterro. Os outros meninos, tão entretidos, não perceberam logo. Eu, sim, pois alheava-me da disputa e fiscalizava o movimento das pessoas minuto a minuto. Era urgente encerrar o jogo, que Linco estava de partida. Baixou em mim uma agonia, era uma tristeza, deu-me um aperto no peito, as lágrimas suadas me queimavam os olhos. Gritei, dentro de mim mesmo:

— Linco, não pode ser! Levante daí, venha jogar com a gente!

Corri até a defesa, pedi a bola ao nosso goleiro. Levantei a cabeça com ímpeto e irrompi contra o time do Malhado. Eu sorria e chorava. Na minha mente desenhava-se um ziguezague: driblei um adversário, dois, três, quatro... Arremeti contra o goleiro deles, que saía do gol fechando o ângulo. Parei, como só Linco parava, dei um toque sutil e saí de lado. O gol estava diante de mim, solidário e desamparado. Houve ali uma expectativa, o jogo já terminava. E eu lhe ofertei a bola: "Linco, faça o seu gol!" Então eu mesmo rolei, bem de levinho: e a bola foi chorar no fundo da rede.

As marcas do fogo

Andava a esmo pelas ruas, um viajante em sua própria terra. A cidade descortinava-se diante de seus passos desapressados, apresentava-se cheia de aspectos. Ele ia provando o sabor de cada vista: parava numa praça, observava o movimento, por um lapso encarava uma ou outra passante. Agora viera da praça da Piedade até o Elevador Lacerda. Ali, ao lado, o jardim de onde se avista a cidade baixa. Parou para observar a direção do sol, descaindo por detrás do Mercado. Do alto estendia os olhos por sobre a baía, velejava até as ilhas, sublinhando os seus contornos, divisando as manchas das construções, os relevos ao fundo, ensombrados nos mei'ângulos do fim de tarde. Contava, pela primeira vez na vida, uns quantos navios e barcos que fundeavam e os que se mantinham atracados. Se as pessoas bem soubessem, visitavam sua própria cidade, descerrando-a para além dos acertos cotidianos.

Então, chamava-se Marcos. E mesmo que se demarcava nos pontos históricos, cada vez descobria uma novidade, indagava uma igreja, inquiria um museu, percorria um beco, registrava um monumento. Perto dos vinte anos, um rapaz feito, soteropolitano, só agora começava a conhecer outros caminhos além das trilhas que levavam à escola, à praia, aos *shoppings*, aos lugares de sempre. Residia na orla à altura do bairro de Amaralina, raras vezes volteava pelo centro, pela cidade baixa ou arredores. Assim mesmo sem prestar atenção: eram apenas ruas, passantes, lojas, calçadas — meros lugares. Mas há pouco seu eixo mudara nos traços do mapa. Enfim, iniciava-se no curso de sociologia, surpreendeu-se na vontade de se ampliar, tomar posse da cidade, descobrir-lhe os quais segredos. Percebera em si um espaço a ser preenchido: depois de tantos passeios nos livros, queria estudar as ruas. Ele estava à procura de algo.

Na antevéspera, ao fim da tarde, estava apoiado no parapeito de ferro, virava-se para avistar a cidade baixa. Divisava os contornos da Colina do Bonfim, as torres do templo, o longínquo perfil das palmeiras. Fora lá uma vez, mas à festa profana; à igreja nunca fora. Então, agendou que lá iria na próxima sexta-feira, o dia conforme a devoção que se celebrava, em vestes brancas. Oxalá, não chovesse — ele riu do trocadilho. Era um cético, contudo, já abraçava a visão mais ampla das coisas. Havia nele um deslumbramento, uma sede recente, uma vontade difusa. Acabara de sublinhar uns escritos de um certo filósofo; percebera que era preciso andar para descobrir, sentir a experiência para poder narrar.

Seus olhos flutuavam. Ele recuou do horizonte por sobre os edifícios, redefiniu o rumo do olhar: eis, ali embaixo, um telhado sobre paredes tão que firmes, em ares e cores um quê de solenes. O rapaz comprimiu os lábios, em quase que sim, emocionado, ele nunca entrara no Mercado Modelo. Mas lembrava bem, de ouvir falar, de esparsa leitura, que se tratava de algo como um templo de vivências. Sabia-o como lugar de cultura, onde conhecer e adquirir a arte do povo. Deliberou, num átimo, que desceria o elevador, visitaria logo o Mercado, assinalando-o em suas novas mapeações.

Dirigiu-se ao Elevador Lacerda. Mas era um fim de jornada, havia uma fila enorme no corredor apertado, diante das roletas, para além das quais as cabines ficavam a engolir as gentes e espalhá-las embaixo. Aquele burburinho de pessoas suadas, apertando-se na fila dupla, e fazia muito calor... Não quis se apostar nestes riscos. E já estava tarde, o passeio seria muito breve. Resolveu deixar para o dia seguinte. Acertou-se: de manhã cedo tomaria o ônibus praça da Sé. Desceria o elevador, conheceria enfim o Mercado. Preencheria mais uma parte em branco em si, mais um ponto a marcar em seu guia afetivo. Ele queria ampliar-se.

Marcos fez meia-volta, começou a cruzar a praça, em frente ao antigo palácio. Em direção contrária, vinham-lhe duas moças. Não buscavam, como outros, a direção do elevador. Elas vinham em diagonal, sem pressa, descontraídas, enquanto conversavam. Certamente dirigiam-se ao jardim para contemplar a cidade baixa. Marcos diminuiu o ritmo, de chofre, num gesto automático, fixou-se numa delas, a morena e esguia. A moça o sintonizou, ambos se encararam. Desviaram-se do olhar recíproco, quase baixando a cabeça. A outra moça percebeu o embaraço e se calou. Olhou para o rapaz rapidamente e depois para a amiga, com curiosidade. Quando bem próximos, na ultrapassagem dos corpos, o rapaz e a moça não se olharam. Mas, ao ficarem de costas, ambos se voltaram, logo se reconsertando, seguiram seus caminhos opostos. Marcos, porém, sentiu-se inquieto. Será que a conhecia de algum lugar? Continuou andando, bem devagar, parou na esquina. Olhou para trás, procurando alcançá-las. E lá estavam elas, adiante, frente a frente, trocavam palavras. Voltaram-se para ver a cidade lá embaixo, dispersa ao longo da beira-mar. Marcos se viu emperrado, não conseguia andar mais para a frente. Daí, num impulso, retornou, passo ante passo, perquiria as silhuetas femininas pelas costas. Fixava-se na moça dos olhos castanhos, cujo brilho experimentara, em furtivo. Ele conheceu-se então atraído, ou curioso, ou sem mais o quê naquela hora do Ângelus, que mal se ouvia de um táxi estacionado, por entre os ruídos da praça. Recompôs-se no ponto do mirante, postou-se ao lado das moças, observava-as oblíquo, sem interesse na paisagem que escurecia e se alongeava perante as águas.

As moças cochichavam, meio que divertidas. Cientes dele, jogavam-lhe uns olhares rápidos, com disfarces e jeitos femininos. Marcos sentiu que havia um como, um talvez, uma possibilidade. Quis abordá-las. Então se encorajou primeiro, nervoso, escolheu e ensaiou a frase:

— Oi, vocês estão aqui a passeio? — indagou, em tom e ritmo certos.

— É, mais ou menos... E você? — foi ela, a morena, que lhe respondeu.

— Sou daqui, mas também preciso conhecer melhor a cidade.

Elas riram. Desde aí o diálogo engrenou em frases e perguntas retrucadas, gestos amenos e mútuos interesses. As moças, a loira

Marta e a morena Clara, ambas se apresentaram, mineiras em brevíssima viagem. Marcos e Clara, o certo é que se encontravam em palavras, para crescentes olhares e já alguns sorrisos. As amigas se entendiam, sem falar, elas consentiam a aproximação do rapaz. Aceitaram-se em três, prosseguiram no passeio pelos arredores, foram ao Terreiro, depois voltaram até a praça Castro Alves. Ainda mais que felizes, Marcos e Clara, os dois cada vez mais próximos e risonhos. De vez que Marta já atinava, eles se concordavam por uma atração, aproximando-se em idéias e coincidências. Andando juntos, quase já se tocavam, seus corpos se tateando. Marcos ousou, sua mão quis conquistar a de Clara, mas ela se subtraiu, embora se deixando num toque de peles, os dedos dela escorregando em sua palma, sutis.

O rapaz conheceu-se em novo ritmo de andar e dizer palavras, sentia-se mais leve, muito satisfeito por esse acaso, era um suspense bom. Teve vontade de saber o futuro próximo, precisava multiplicar este momento. Avaliou mais demoradamente a moça, traspassou-a com um olhar cheio de quereres, deixando-a mesmo encabulada.

— Você é tão... bonita, sabia? — este cochicho cálido, mesmo que um sopro aos ouvidos, como um segredo.

Iniciava-se o próximo lance, com as regras mais aclaradas, este trato que se sabe. As moças se entreolharam. Clara esboçou um sorriso, mas o reteve nos lábios, desenhando-o no traço da boca. "Ah, que lábios!" — ele achou que isto lhe acentuava ainda mais um charme. A amiga acenou para um táxi, que imediatamente atendeu. E já disparava em Marcos uma espécie de ansiedade. O carro parou, as moças já entravam apressadas, como que o ignorando. Ele segurou a porta, surpreendia-se nervoso, num momento crucial.

— Tchau! — Clara se despediu.

Na despedida, ela lhe acenou um sorriso, como se o olhar o fotografasse. Marcos sentiu a luz deste *flash* acender dentro dele uma vontade de não deixar que ela partisse, percebeu-se na iminência de uma perda. Agiu rápido, intervindo na trama:

— Mas, esperem... vocês vão para onde? Clara, me dê seu telefone...

O motorista acelerava, o veículo começava a se movimentar. Marcos acompanhava-o, com passos abruptos, os traços do seu rosto se crispavam, pediam uma chance, uma pista, uma esperança. E veio, em notas suaves, esta brisa aos seus ouvidos, era a voz de Clara:

— Amanhã cedo, às oito, aqui, na estátua do poeta.

Marcos ficou paralisado, olhando o táxi intrometer-se em meio aos outros carros, sem atinar direito com que, de verdade, estava-lhe acontecendo naquela noite, sob a brisa e o bafejo que vinham de roçar as águas da Baía de Todos os Santos. O que sabia, sim, era que haveria um amanhã, às oito, naquela mesma praça. Ele virou-se, seu sorriso cumpliciava-se com o olhar. E ele sentia em tudo ali um apoio: o poeta, lá no alto, estendia-lhe a mão. Era ir para casa, acelerar a passagem da noite.

Já em casa, ninguém lhe ouviu a voz. Marcos apenas viajava em si mesmo. O rosto de Clara desenhava-se no seu íntimo, em tons e semitons fluentes. Embora demorasse a adormecer, ele acabou dormindo. E sonhou umas cenas sem nexo, porém agradáveis, situações sem sentido algum que pudesse interpretar. Como se flutuasse líquido, iluminado em azul, um sem-fim, eram águas de um vasto mar. Acordou mais cedo que de costume, a moça alvorecera em seu pensamento. Lembrou que acertara de ir ao Mercado, e isto vinha mesmo a calhar. Deixava, por ora, a leitura dos textos. Agora era Clara a filosofia que o iluminava.

Era ainda muito cedo. Marcos se preparou para ir ao encontro tão especial. Ali, na praça: seriam ele e Clara, o poeta estático em seu gesto, recitando eternamente uma canção, não ao povo, mas sim à amada. O rapaz perfilou-se, estendeu o braço, com a mão em concha, sentiu-se pleno como se recitasse uma ária. Queria sentir-se eloqüente e bonito, a ponto de conquistar mais uma estação do sorriso e do olhar furtivo daquela mulher. Clara era a sua idéia mais límpida naquela manhã. Ele se encontrava, nas suas andanças íntimas pela cidade.

Chegou ao ponto do ônibus praça da Sé. Ansiava pela rapidez, embora fosse bem antes das oito horas, um dia de sol ameno se insinuava. O coletivo não tardou, com seu ronco forte. Na trajetória, houve tempo para sofrer, antecipando um pior: — se ela não comparecesse? Estava inseguro. Talvez fosse melhor esperar vinte anos de vivências, para surpreender este personagem num enredo de ficção. Mas este é o seu tempo de ser, estas linhas vão se registrando, conforme os jeitos de sentir a vida, aos dezenove anos de idade. O ônibus corria normal, mas lhe parecia lento; seu coração se apressava. Em cada gesto, eis a marca de suas carências, os sonhos e desejos, tudo se misturava confuso, esta ansiedade em busca de uma mulher que mal conhecia. Uma promessa. Saltou próximo ao Cine Glauber Rocha, andou rápido, desvencilhando-se dos camelôs que armavam suas banquetas. Mal inventava a paciência para atravessar a larga pista com segurança. E seus olhos procuravam.

Marcos não a achava, mesmo revirando a praça repetidas vezes. Indagou ao poeta, mas este apenas continuou o seu silencioso recital. Era mais que a hora marcada, Clara não viera. Ele encostou-se no degrau de mármore, não podia sequer admitir uma possível desistência. Esperava, ansioso e contrito, convicto de que ela viria, pois que suas palavras foram tão certas.

E ela veio! Saltou de um táxi, recebeu-o prazenteira, consentiu o abraço, os dois beijos nas faces, a alegria nos olhos.

— Pensou que eu não viria, não é? — ela perguntou, divertida.

— É, fiquei com medo...

Marcos a observou, naqueles trajes de passeio, um simples jeito, ela ficava ainda mais atraente, um corpo perfeito para os abraços. Ele imaginava os beijos, as carícias, os prazeres que queria compartilhar. Fixava-se nos lábios da moça, antevendo-os entre os seus, arquitetando um beijo total. Tinha de encontrar o segredo, precisava conquistar essa mulher. Isto o seu corpo deliberava, nos ajustes que lhe corriam por dentro, davam-lhe uns suores, um suspense. Era manter a calma, estudar gestos e frases, a hora certa de cada passo. Ela, risonha e só, talvez esperasse por isto.

— Você agora é meu guia turístico — ela disse, rindo.

O rapaz tomou um choque, diante da frase. Então tudo se resumia a uma amizade passageira? Ele seria somente um guia? O silêncio se prolongou, ele ficou meio fora de sintonia, como se longe. Sem combinar, iam já andando na direção da rua Chile.

— Ei, está nas nuvens? — Clara brincou.

— Ah, não... quer dizer, sim... Vamos para onde? — ele disse, tentando abraçá-la.

— Queria ver os barcos de perto — ela respondeu, desvencilhando-se com um jeito carinhoso, como se adiasse o contato.

— Eu nunca parei para observar os barcos de perto — ele se desculpava.

— Eu sou mineira, lembra? Tudo do mar me atrai.

— Você devia ser carioca.

— Uai, por quê? — perguntou, acentuando o gracejo no sotaque.

— Mulher mineira é muito tímida... — provocou, em busca de um efeito.

— Nem sempre, meu filho... — ela retrucou, ainda mais divertida.

Acertaram descer o Elevador Lacerda. Em seguida, sempre trocando frases, cruzaram a praça Cairu, aproximaram-se do cais, onde os barcos dançavam, indiferentes ao movimento das pessoas. Clara estava extasiada com o quadro, aqueles homens levando coisas, os marinheiros amarrando cordas, outros desatando nós; os ruídos e as cores de uma bela realidade. E ali, bem ao lado, o Mercado os convidava.

— Vamos visitar o Mercado Modelo? Eu nunca entrei aí — disse Marcos.

— Ah, que bom! Vamos, sim.

Mas um impulso se acendeu em Clara, quando ela ouviu o chamado de um dos barcos próximos. Enquanto umas pessoas, com jeito de turistas, entravam a bordo, anunciava-se uma viagem curiosa. Era um passeio às ilhas, um dia inteiro pelas águas da baía, a um preço até atrativo. Últimos lugares! O homem convidava em voz alta, anunciando já a partida da escuna. Clara entusiasmou-se:

— Vamos! Deixe o Mercado Modelo para amanhã. Vamos!

Marcos ainda quis inverter a proposta, por força de seu plano e sua vontade de visitar logo o Mercado, ali tão próximo, com suas enormes portas abertas. Mas sentiu que, nesta demanda amorosa, era o certo ceder. Era um gesto que se prestava aos agrados da moça. E um passeio de escuna bem serviria para deixá-los juntos, em momentos mais que bonançosos. Então, ei-los embarcados, prosseguindo nos diálogos e sorrisos.

Logo estavam em percurso, abrindo um risco nas águas, afastando-se da cidade, da qual o Mercado se oferecia como um marco. Como não fizera esta viagem antes, era o que Marcos se perguntava. Eram precisos os acasos. E logo se explicava que tinha mesmo que ser assim, entre o mar e as nuvens, saboreando o cheiro dessa mulher. Sentiu-se munido de toda a sorte. Lembrou-se de que, a esta altura, a sua vida se ampliava para a experiência de narrar. Sim, ele teria algo a contar sobre este dia, se essa viagem amorosa chegasse ao porto certo.

— Você é tão bonita... Estou a fim de você...

Ele lhe recitou estes versos, que ambos estavam encostados à rede, a estibordo, na extremidade da proa, próximos às espumas. Ela nada lhe disse, apenas sorriu e aceitou o beijo que lhe chegava ao rosto, deixando-lhe uma marca úmida. Marcos se insinuava, ansiando por uns maiores passos, no jogo ameno do leme. Disse, com ares românticos, que se namorassem. Ela, sempre em sorrisos, nem sim, nem não, que ele esperasse. Nesse papo, com alguns avanços e maiores recuos, Clara só aos poucos se revelava. Descobriram-se numas coincidências, que festejavam aniversários no mesmo mês, que tinham a mesma idade. Ambos de Virgem, mas de diferentes decanatos. Que coisa bela é ter dezenove anos, à flor das águas do mar!

A escuna já ancorava na enseada da ilha dos Frades. O guia explicava coisas, mas o casal não se interessava. Por ali, nos braços translúcidos das ondas, eles se davam num banho, um no cuidado do outro, com olhares e promessas de um querer-se já. Eram apenas quarenta minutos na ilha, para um passeio pela praia, ou subir a colina, onde a capela abandonada oferecia a porta entreaberta. Eles ali chegaram e, diante de uma presença pretérita dos fiéis, se abraçaram com uma força íntima, um doar-se demais, entre os bancos solitários e o altar perplexo. Eles se ajoelharam, suas bocas se degustavam, na prece úmida dos amantes. Deitaram-se no chão do templo, ali se comungaram no desejo, desnudos, e, na troca de calores e fluidos, eles se praticaram.

Depois, houve um silêncio pleno entre eles, enquanto caminhavam de volta, mais que abraçados, atendendo ao sinal de zarpar. Embarcados, já de novo deslizavam, em busca da ilha maior, onde não haveria capelas abandonadas. Itaparica, ilha de histórias e sonhos, onde o passado é tão velho que o ontem e o hoje se tocam no mesmo compasso.

Em Itaparica, havia mais que almoçar peixes frescos e saborosos temperos de moqueca. Clara e Marcos, assim ajustados, também passearam de bicicleta de aluguel, provaram as calçadas das ruelas e seus casarios de veraneio, as ruas entregues ao silêncio que só recebiam seus donos nos feriados. Para a sede houve água mineral da fonte, onde as torneiras ofertavam os goles naturalmente gelados, diretos do milagre das pedras. Para o corpo houve a água tépida da enseada sem ondas, para os olhos, o horizonte e umas moitas de manguezal. E, da história, os últimos dos canhões de guerra, as paredes do forte de defesas passadas. E ainda vestígios dos holandeses que dominaram a ilha há tantos anos, deixando uns incertos rastros no semblante de uns ilhéus.

Era uma tarde que, infelizmente, passava. Marcos, que primava tanto pelos planos, agora se achava no feliz estado de viver os bons acasos e os improvisos. Isto se prolongasse, ele já esquecia que Clara viera de longe em breve viagem.

De novo ao barco, voltar à cidade. O sol desistia, inclinando-se para as águas, em que os revérberos se suavizavam. O casal se abraçava no convés, mas havia um silêncio enigmático. Era este o possível: nos braços da felicidade. Marcos, no entanto, se viu triste e bem o sabia em quais causas. Iam já chegando ao fim da viagem. Era tardinha, quando pisaram de volta o cais. Satisfeitos, suados, bronzeados de sol, os cabelos untados de maresia. Mas os corpos sem cansaço, com o gosto dos sais do mar.

O Mercado Modelo, ali ao lado, de novo os convidava ou, mais que isto, suplicava que entrassem, que ali deixassem as marcas de seus pés e colhessem em seus olhos toda a sorte de cores, formas e desejos, em que pudessem compartilhar uma lembrança. E tinha de ser o agora, só naquele último hoje, nos minutos que faltavam para fechar. Marcos prometera a visita para este dia, mas a escuna fizera a melhor oferta. E, como era de tardezinha, eles assim dialogaram:

— Amanhã visitaremos o Mercado, tá? — foi a proposta de Marcos.

No impulso, Clara ia dizer sim, mas recuou e tornou-se de novo muito séria, o olhar disperso, desapontada com o que ia revelar. Eles pararam, enquanto as palavras se arranjavam para a frase:

— Eu viajo amanhã, Marcos, para Minas.

— Mas... amanhã... Clara... eu... — gaguejou Marcos, sob o impacto do anúncio.

— Amanhã, ao meio-dia... Já estava acertado, desde que cheguei.

Marcos suspirou fundo, permaneceu estático, sem atinar com o jeito de mudar esse trecho. Esquecera, por um momento, que tudo que vivera em quase 24 horas tinha um prazo fixo, como agora era revelado.

— Não vá, fique comigo... Clara.

— Não posso, tenho compromisso.

— Mas... Clara, e nós dois?...

— Marcos, eu gostei de você, de verdade... Mas... isso foi um dia, um passeio... A gente nem se conhece... Eu tenho compromisso.

— Um cara?

— É... sim, quer dizer, é isso... talvez!

— Mas eu te amo, Clara... É como se eu te conhecesse há tempos... Como se eu esperasse por você, entende? E você gostou de ficar comigo, não foi?

— Sim... Gostei mesmo de você, pôxa! Mas...

— Clara, fica comigo...

— Isso é loucura... Não sei...

— Você me quer... é isso! Diga...

— É... sim, Marcos... mas... eu moro em Minas.

— Não tem problema... A gente se acerta.

— Eu preciso pensar... Me dê um tempo.

— Vamos até minha casa.

— Não dá. Estou confusa. Preciso pensar direito.

— Eu vou até seu hotel, vamos conversar...

— Não, não... Quero ficar livre para decidir. É melhor a gente não saber nada um do outro até amanhã. Se não der certo, eu viajo e a gente esquece tudo.

— Não vou te esquecer nunca.

Clara acenou para um táxi, enquanto Marcos já se entregava ao desespero. De novo era a sensação de perda que o desamparava. Seus olhos insistiam, numa luta contra a indecisão da namorada. O táxi encostava, ele teve vontade de entrar com ela, mas se deteve. Não podia forçar a barra, queria-a com espontaneidade e sabia que embarcara numa aventura que era preciso cumpliciar. Agarrado à porta do veículo, ele esperava a nova sentença, embora com mais esperança do que no dia anterior.

— Amanhã, me espere às nove, na porta da frente do Mercado Modelo. Se eu vier, é porque decidi ficar com você. Então visitaremos o Mercado. Eu não viajo. A gente se acerta, tá?

— Sim, eu te espero — ele reunia-se na convicção.
— Se eu não aparecer... — sua voz entrecortada, entristecendo-se — é porque decidi voltar para Minas... e te esquecer...
— Você virá, eu sei.. você virá...

O táxi abriu viagem, Clara acenou atirando-lhe um beijo. Marcos se arrependeu de deixá-la partir assim, carregando consigo todas as suas esperanças. Ela detinha as cartas, ele ficava de mãos vazias. Era como um filme: ele atinou que deveria tomar outro carro e segui-la, descobrir onde estava hospedada. Mas não havia um táxi disponível de imediato. Enquanto isso os minutos passavam, estragava-se o plano. Ele, enfim, conseguiu um táxi, mas era tarde: não pôde seguir o destino de Clara. Só restava esperar a hora marcada para o possível encontro.

Foi uma noite difícil. Quase insone, demorou a adormecer, e o pensamento revoava por paisagens e possibilidades. Pensava no sim e no não, ela iria, ela não iria ao Mercado. Ele enumerava as razões pelas quais Clara iria ao seu encontro. Mas logo enumerava quase o dobro de motivos pelos quais ela não iria. Fora apenas um idílio? Mas, ao fim, queria contar mais do que a felicidade de um acaso. Três vezes passa por nós a felicidade: e esta era a sua primeira revelação. Nem toda experiência que se vive merece uma narrativa. Mas toda história tem seus encobertos, mil recortes e ondulações, suas claridades e escurezas. Todo segundo é tempo certo de longas aprendizagens. Era nem dormir, somente sonhar.

Mais que cedo, Marcos se viu em apuros. E se ela não fosse? Era este o dia mais importante de sua vida. Ele marcou no calendário: 10 de janeiro de 1984. Este dia ia ficar na sua história, na crônica da cidade. E, assim, saiu de casa para o grande evento, às 9 horas, na porta do Mercado Modelo. Pediu e a mãe lhe desejou boa sorte sem saber de nada. E ele seguiu, circunspecto, e nada viu, e nada ouviu no caminho, até porque estava internado em si mesmo, nesta expectativa, voltado para o íntimo. Seu instinto e seu sentimento só queriam registrar a presença de Clara no mundo. E ela estaria lá, às 9 horas da manhã, no lugar combinado. Ele ia, enfim, visitar o Mercado, de mãos dadas com a mulher de seus sonhos. E já sabia o quanto a amava!

Até então os acasos eram seus fiéis parceiros. Naquele ensolarado dia 10 de janeiro de 1984, a sorte se consumava. Ele saltou do ônibus praça da Sé, dirigia-se para o Elevador Lacerda. Havia por ali muita gente, ao longo do parapeito, debruçada sobre os pontos de observação, de onde se via a cidade baixa. Marcos correu para lá, curioso, já ouvindo os comentários. Era uma multidão boquiaberta, entre os burburinhos das falas. Lá embaixo estava o Mercado Modelo.

Entretanto, não havia mais porta, não havia mais telhado, não havia mais Mercado. Havia somente as cinzas, o imenso calor reverberando e o triste rescaldo. Os bombeiros já haviam domado as chamas, a área em volta estava interditada. O velho prédio ainda fumegava em pequenos rolos de aparência clara, porém amargos. As paredes imponentes mantinham-se de pé, com dignidade. As marcas do fogo se revelavam, escavadas nas rotas das labaredas extintas. Não havia mais o Mercado.

Marcos saiu do pasmo e correu para o elevador. O coração em perdido descompasso, a boca seca de ansiedade. Só pensava em Clara. Não havia mais o lugar marcado. Ela teria vindo ou não? Ele tinha certeza que sim, iria encontrá-la pelos arredores. Não havia mais a porta do encontro, contudo, não queria admitir que só as cinzas restassem. Ele correu de parte a parte, de um ao outro lado, dentro dos limites da área isolada. Procurava Clara, acotovelando-se no meio da multidão que ali se aglomerava. Marcos vivia o que narrar, nesse desespero, banhado de suor, a cabeça sofrendo os açoites dos nervos à flor da pele. E não achava Clara. "Ela veio, está perdida na multidão", ele arranjava. "Ela não veio, vai seguir viagem", ele desmanchava. Havia por ali os clamores dos que perderam tudo. E Marcos, então, se lamentava, sem conseguir apagar o incêndio íntimo, a dor de sua enorme perda. O rapaz se debatia nas chamas dos destinos contrários. Só restavam agora as marcas nas paredes e no seu corpo, para sempre delineadas. E ele contemplava, de olhar vazio, o lugar do encontro, lá isolado, sem porta... sem Clara... sem nada.

Descanse em paz

Eis aqui esta lápide antiga, diante dela me persigno. Eu acompanho a mim mesmo nessa última peregrinação. Voltei de muito longe, cansado de tantas fugas. Eu bem me lembro: o túmulo ainda novo, o mármore inscrito, as bordas confessando as aparas do esmeril. A pedra então polida com o esmero do artesão, a epígrafe simples escavada na estampa.

Agora, eis a lápide invadida pelas marcas de fungos, o limo delimita as formas cinzeladas do nome. As letras desgastadas me deixam comovido.

Aqui jaz Clemente, um menino bom.
Que descanse em paz.
*1935-†1950

Hoje Clemente faria 65 anos. Esta data ficou gravada em alguns dos nós que a minha memória não consegue desatar. São cinqüenta anos, desde a sua morte! Quanta vida passou, enquanto meu amigo apenas jazia neste lugar. Eu penso e viajo pelas vivências que o levam e o trazem no tempo, como um náufrago à deriva. Esta escrita é difícil, mas eu necessito escavá-la. Já corri mundo sem encontrar sossego, também preciso descansar em paz.

Então, faço esta visita ao finado Clemente, o meu amigo de infância. Sim, um menino muito bom. Que ótimo homem teria sido! Amigo e vizinho, ele me ensinava as tarefas da escola, eu, sempre fraco em contas, verbos e flexões. Ele me ajudava e o tempo nos sobrava para brincadeiras. Às vezes, eu escalava o barranco alto, e ele não, que sua mãe o proibia de correr tais riscos. Eu ia, suando, pelos degraus da escada tosca escavada no barro. Clemente ficava embaixo, olhando-me atento. Lá em cima meu suor evaporava mais rápido, sob um sol mais que quente! Minha alegria era avistar o rio sinuosiando entre os manguezais. Lá do alto se via bem. Eu queria tanto que Clemente visse aquela paisagem de rios e mangues, mas ele nunca reunia coragem de subir.

O barranco era lugar de escavação, negócio de meu pai. Ali ele trabalhava dia a dia, cavando e juntando barro, para depois arrojá-lo morro abaixo. Mas ele saía, às vezes, para receber pagamentos ou tomar alguma providência. Nestas horas, surgia-me a idéia de subir, o barranco tornava-se um divertimento às escondidas. Eu encarava sozinho aquele morro. A cada vez, quando o meu pai voltava... era necessário descer ligeiro, nos acertos de suas ordens.

Meu pai vendia esse barro. Vinham as caminhonetes, as carroças, carrinhos de mão, os fregueses compravam barro vermelho para as misturas de massas finas e rebocos, nas construções de casas e muros, pelas redondezas. O barro tornava-se comida em nossa mesa.

Eram assim os tratos de meu pai com a argila. Primeiro ele arrancava os torrões com enxadeta, desmanchava-os, deixava a terra escorrer pelo declive até a beira do barranco, numa espécie de bacia escavada. Os tufos se soltavam fácil, a terra logo se avolumava. Era preciso tomar os cuidados certos! Ia-se juntando o barro na beira até formar um grande lote, em desafio à gravidade. Quando ficava um monte enorme, só bastava dar um pulo atrás, as terras tomavam impulso e despencavam para baixo. Serpenteavam nas calhas lisas do próprio morro por entre as bordas de cascalho. O momento deste pulo de nada era a hora melhor do trabalho. Bom mesmo era apreciar o barro descendo pela calha natural do morro, afinando-se em quase pó. Meu pai esfregava as mãos calejadas para acalmar o ardor. Depois, embaixo, juntava a terra em montes grandes com pá e enxada. Parecia até divertido, mas rendia os suores demais, certamente um cansaço de braços e pernas. Às vezes as nuvens compadeciam-se dos calores, rebatiam os raios de um sol tão insensível, queimando o rosto do velho.

Quando eu estava em cima do morro, Clemente ficava lá embaixo espiando, com interesses de amigo. Éramos parceiros certos das brincadeiras, sobretudo o jogo de bola, um contra um, quase sempre. Ou partidas de gol fechado, demarcado cada um com duas pedras grandes, disputadas nos dribles. Outra hora, era de gol aberto, com chutes diretos, valendo aproveitar os rebotes.

Então, houve aquele dia. Eu, em cima do morro, ele me convidava a descer, a fim de jogarmos bola. Eu o intimava:

— Suba, venha ver os rios. — Clemente não tinha mesmo coragem de escalar o morro, sentia medo de cair dos degraus escavados. Ele, então, retrucava:

— Desça daí, vamos jogar!

Ambos tínhamos a mesma idade. Clemente era mais adiantado na escola, estava entre os melhores alunos. Ele sabia muito mais coisas que eu, principalmente sobre futebol. Torcia por um grande time do Rio, não perdia um jogo no rádio de pilha de seu pai. Ele tentava me convencer em vão, mas, nem sei por que, simpatizei com outro time, talvez só pelo gosto de torcer contra ele, para maior diversão. Clemente me ensinava que, naquele ano, ia ter Copa do Mundo no Rio de Janeiro. Havia-se feito um enorme estádio e o Brasil ia ser o campeão do mundo. Ia ganhar uma taça de ouro! Eu ia aprendendo de uma vez só, ouvia tudo atento, boquiaberto. Era demais. O futebol que a gente sabia jogar era importante, e os países iam disputar uma taça de verdade. E era junho, faltava pouco para chegar o dia dos jogos. Estava acertado que ouviríamos a disputa juntos, pelo rádio. E meu amigo, confiante, então apostava: "Se o Brasil não for campeão, eu subo esse morro."

Eu até me arriscava a desejar que o Brasil perdesse, só para ter o gosto de acompanhar Clemente nesta empreitada, subindo o morro para ver toda a extensão dos rios se encontrando lá longe, nos recortes dos manguezais. Era algo para se mostrar ao melhor amigo.

— Desça logo, vamos jogar bola! — insistiu Clemente.

Eu ia descer, mas havia muito barro cavado, que não dera tempo de meu pai arrojar para baixo. O sol estava forte. A terra, já seca, estava solta e escorregadia, prestes a se precipitar do morro. E, de repente, aconteceu! Eu vi a terra escorrendo veloz barranco abaixo. Sobressaltado, gritei:

— Clemente! O barro correu! Tudo bem, aí embaixo?!

Fez-se um silêncio que gelou minha alma, este frio por dentro que até hoje me abrasa. Acerquei-me da beira do morro, com cuidado para não desabar também. E vi o monte de barro ao pé do barranco, alguns cascalhos desprendidos... Uns grãos menores ainda corriam timidamente. E nada mais. Meu coração disparou! Precipitei-me degraus abaixo, pelo caminho tosco escavado no morro. Aquele desastre!

Clemente desaparecera. Mas eu o sabia debaixo do monte de terra que despencara. Desci os degraus do morro numa aflição atroz, de lá eu via o quadro terrível, o monte de argila e mais nada. Já embaixo, me pus a cavar desesperadamente. Minha voz engasgada, num estertor, eu me reverberava num imenso grito mudo. O barulho da queda do barro e os meus gritos atraíram os trabalhadores das redondezas.

— Tem um menino aí embaixo! — gritei e repeti.

Houve ali um burburinho. E todos nos pusemos a cavar com as mãos. Uma pequena multidão se formava, foram chamar a mãe de Clemente. Dona Salete, sobressaltada, duvidou que o filho ali estivesse. Ela via apenas um monte de barro solto. E o havia proibido de andar embaixo daquele lugar perigoso. Não podia acreditar. Saiu desabalada, em crescente pânico, gritando:

— Clemente! Cadê você, meu filho, pelo amor de Deus?

Os homens olharam para mim, como em dúvida. Pararam. Mas eu reafirmei que sim, Clemente estava debaixo da terra. Não era muito barro, mas o tanto certo para causar tamanho acidente. Do repentino pasmo, eles retomaram a busca, de mãos e pás em serviço. Suávamos de esforço e desespero.

Eu estava certo. Logo apareceu um braço, daí a cabeça tombada de lado, o corpo voltava à luz. Dona Salete atirou-se sobre o filho, retirava a terra de seus olhos, de sua boca, de seus cabelos, buscava-lhe o hálito já inexistente. Soprou e respirou em sua boca até perder o próprio fôlego. Caiu em lágrimas terríveis, prostrada de dor. Eu me afastei, vazio, sentia-me completamente desnorteado. Saí dali meio aéreo, não acompanhei os demais atos daquela tragédia.

Assim permaneci todo o tempo. Não vivenciei de mais perto o clamor de dona Salete. Senti que ela me odiava de longe, com o olhar duro, no vazio de sua perda. Eu, em completo embargo, recolhia os olhos espremidos pela angústia, sentia-me inteiramente mudo, cabisbaixo, represado de lágrimas.

O entra-e-sai daquele dia fervilha dentro de mim até hoje. Talvez agora minha dor alivie com o remédio das palavras. Houve ali, tão próximo, o velório do meu amigo. Lá não fui. Eu estava preso a uma estranha sensação, ressecava-me a boca, os ouvidos dispersos. Por mais que lavasse as mãos, sentia-as sujas daquele barro descendo em total desespero, despejando-se sobre o corpo de Clemente.

Não fui ao enterro. Não me acudiram forças às pernas. Em vez de acompanhar o cortejo, em que vários meninos de nossa idade se perfilavam com alvoroço, preferi ficar exilado no fundo do quintal. Sentado sobre um tronco de bananeira morta, fiquei meditando sobre nada. Meu pai e minha mãe, ocupados em explicações e adjutórios, não avaliavam a minha dor. E, mesmo depois, nada me perguntaram ou disseram. Apenas me observavam, sempre silenciosos, confiantes no passar do tempo.

Dias se foram, eu não conseguia mais subir o barranco. Minhas pernas tremiam, os degraus do morro pareciam bocas querendo me mastigar. Eu agora me espreitava em mudanças, escavava-me por dentro, revolvendo o barro e o cascalho na minha própria alma.

Dias depois, sem um rumo certo, acabei indo direto ao cemitério. Eu tinha vontade de encontrar Clemente. Queria lhe dar as minhas explicações. Procurei entre as lápides mais novas até me reencontrar em proximidade com o meu amigo. Então, soletrei o que se inscrevia no mármore, a frase se avivava na minha tristeza, em letras de talhe tão recente.

As palavras tomavam forma dentro de mim, mas eu as enterrava no silêncio. Um enorme peso me abatia. Voltei para casa, esqueci-me num vazio, encerrei-me no segredo daquele fato. E, dias depois, chorei, ao pé do rádio, quando outro país subtraiu a taça de ouro por que meu amigo tanto ansiara. Ele perdera a aposta, eu o imaginava subindo o barranco comigo, para de lá avistar a beleza dos rios e dos mangues.

O tempo foi passando e, aos poucos, voltei a enfrentar o morro. Comecei ali uma travessia, degrau a degrau. E quando conquistei de novo o topo, passei horas divisando a paisagem que Clemente nunca pudera contemplar. Então, senti que não era a mesma pessoa, pois os rios e mangues pareciam mais distantes.

E agora, Clemente, por que voltei aqui? Retornei de longe para te visitar e fazer uma confissão. Precisei aprender a narrar os fatos para poder confessar o meu descuido. Naquele dia, o barro estava acumulado na beira do barranco. Você me pediu que descesse para brincarmos. Ao dar um passo mais forte, desequilibrei-me, esbarrei com força na terra solta. A terra foi rolando se juntar ao monte da beira do barranco. O barro cavado tomou impulso, fez peso, precipitou-se barranco abaixo. E, mais que isto, arrebentou a beirada, tornou-se uma avalanche vermelha, quase me levando junto na correnteza. Eu tive mil vezes este pesadelo. Um passo em falso e barro de repente tomando vida, descendo o morro de forma fatal.

Estou aqui de novo, diante de teu túmulo, tantos anos depois. Fomos amigos, ei-nos juntos novamente. Você, Clemente, um menino, na claridade da morte. Eu, um homem gasto, no escuro da vida. Voltei de muito longe, depois de uma fuga vã. Vim exumar teu nome na lápide da memória, onde escavo no corpo e na pedra a minha imensa e inocente culpa.

A VOZ DE HERBERTO

I

Eu o conheci numa sexta-feira de maio. Molecote, eu ia zanzando pelos doze anos, arisco pelas calçadas e casarios antigos da cidade. Naquele dia, após as aulas, havia ido à biblioteca em busca de um livro para cumprir a tarefa exigida por dona Aurora, a professora de português. Ela nos mandara ler um certo livro de um tal escritor, um nome desconhecido para mim. Depois de perquirir as estantes, achei o livro indicado. Tateei as primeiras frases; empaquei de estranheza. E mal sabia que aquela obra poderia desferir um golpe em meu nascente e frágil entusiasmo de ler. Desgostei, depus o livro sobre a mesa. Ah, dona Aurora, melhor era jogar gude, dedar pião na linha, correr picula e bodocar passarinhos. Retomei o livro: era fino, mas me parecia chato desde as primeiras frases. Antes de me atanazar com palavras e situações incompreensíveis para o leitor infante, deixei a brochura pender de lado na proporção de minha má vontade. Adiei a tarefa por uns dias.

Mas inquiri de novo as estantes. Desapontados, meus olhos percorreram as lombadas entre etiquetas e brochuras. E, ali adiante, na estante de baixo, marcava-se a letra "H". Encarei o título do livro, que me pareceu familiar. Era uma palavra de meu convívio diário pelas ruas, junto aos barrancos e ribeiras de nossa cidade. Colhi o livro à estante, trouxe-o próximo do peito e mirei bem o seu título solerte, numa única palavra.

Mas o que era mesmo *Cascalho*? Para mim, até então, era só a terra solta e áspera, com tufos duros, pedras esfarelando, que, em caso de queda, ralava os nossos joelhos, quando subíamos os morros. Peguei o livro com intimidade e o folheei. Ali começava uma história que se ia prolongar em minhas noites, à luz da placa, com o lume da queima do querosene pela puxada de algodão coando-se pelo entorno de vidro, com suas sombras bruxuleantes. Uma história que ia me acompanhar e se confundir com a minha vida.

Cascalho. Corri ao dicionário, aberto sobre a mesa, folheei em busca e constatei o que já sabia: Cascalho, s. m. Lascas de pedra; pedra britada; fragmentos de pedra, calhaus, pedregulho. Era incrível ver escrito, em livro grosso e respeitável, algo que eu já sabia pela própria experiência de viver e vadiar. Enfim, havia algo num livro que a gente já soubesse só por ouvir e viver. Eu sorri, me achei sabido das coisas, um esperto. O *Cascalho*, em minhas mãos, começava com uma aragem de letras, palavras e frases, prendendo-me na mesma contemplação com que eu gostava de assistir às chuvas:

Do céu escuro, com a armação que houve de uma hora para a outra, as águas caíram de uma vez nas cabeceiras distantes. E inundando talhados, *catas e grunas, carregavam pela noite adentro os paióis de cascalho. No povoado da Passagem, à margem do rio Paraguaçu agora de monte a monte, rajadas de vento cortavam de alto a baixo as ruas ermas, quando os garimpeiros, em lúgubre vozerio, irromperam pela praça alagada com enxurradas descendo para o areão. Vinham encharcados de chuva, transportando como destroços suas bateias, seus carumbés, suas enxadas, seus frincheiros, suas alavancas, seus ralos, suas brocas — suas ferramentas de trabalho, no ombro e na cabeça. Na frente deles caminhava o velho Justino, empunhando a candeia de azeite que o vento ameaçava apagar. Foi quando de novo desabou a chuva.*

Meus olhos seguiam na enxurrada de palavras, alagando-me com uma sensação gostosa de sentir as imagens tão próximas. O dicionário me acudia, alargava-me o juízo dos significados mais estranhos. E eu me via a par de certas conversas de meu avô, com suas histórias de antigos garimpos, a velha bateia pendendo na parede como um troféu. Meu avô se revelava, pelo que eu agora ia lendo, um guardador de antigas histórias. Este achado nos tornava, de súbito, tão importantes, meu avô e eu. Então, entrefechei as páginas com cuidado, sem desmarcar a leitura, e li em voz alta o nome escrito na capa.

Assim também se conhece um homem, com quem se pode conviver pela vida afora, sem uma palavra que seja, a não ser através da escrita no papel. Minha vida tomava outro rumo, um mistério ali principiava.

Levei o livro para casa, por empréstimo, teria de ler em uma semana. E foram dias de aventura, a miúdo, ia lendo sem pressa, voltava, relia, pesponteava em descobertas e constatações. Por que a escola não nos passava livros assim, que falassem de nossas ruas, morros, rios e enxurradas, de nossa gente? Dona Aurora precisava amanhecer-se para outras viagens. Os meus olhos agora corriam as páginas, como as pernas nos becos. Eu revia as enxurradas nos dias de chuva forte, quando a areia grossa e o cascalho esfarelado escorriam pelas encostas, enchendo as valetas e os regos, invadindo as ruas. Era bom ver a chuva cair, ler as frases me inundando o olhar, de página a página, como se nas chapadas e nas várzeas.

Achei motivo para retomar as velhas conversas com meu avô. Ele, cada vez mais velhinho, já não me contava histórias como antes. Não que fraquejasse na voz ou na imaginação. É que me via desmeninando; pensava talvez que fosse hora de eu sobraçar a realidade. Pois agora eu o convocava de volta à minha cabeceira, que sentasse na minha cama e me explicasse muitas coisas do livro. Meu avô não sabia ler, mas narrava como ninguém as suas aventuras de antigo garimpeiro. Ele gostava muito de prosar. O novo trato o alegrou, fazendo seus olhos brilharem como pontos de quartzo ao sol. Eu ia lendo o livro e ele, em silêncio contrito, tudo aprovava com o balanço do queixo. Entusiasmado, eu relia trechos, ele me ouvia atento e prazenteiro. E me explicava, ora se rindo dos relatos, achando-se como personagem dos causos narrados.

— Esse caboco aí conhece bem aqueles tempos do garimpo, meu neto.

— O livro diz que ele é daqui, vô. O senhor já ouviu falar?

— Não ouvi, não, mas é muito sabido mesmo. Qual é sua graça?

— Herberto Sales.

Eu, filho de sua terra, conheci-o por acaso, ao largo da lição escolar. Entretanto, do modo mais certo que ele pudesse me conceder sua voz. Mantive com ele este trato obscuro, de amigo oculto, colhendo suas palavras no silêncio, enquanto a brisa das serras acalentava as águas, rolando aos poucos o cascalho do dia-a-dia. Naquele tempo, a noite era mais paciente e se prestava a estrelas e prosas, sob as vigílias do luar. O escritor partilhava conosco os traços de nossa própria imaginação. Eu ouvia com os olhos os seus relatos, até que o sono me abrisse uma caixa de sonhos e me fizesse pender o livro por sobre o corpo. Naquelas noites, percorrendo as ribanceiras do texto, eu inventava seu rosto e sua voz pausada, à semelhança de meu avô.

Ele, meu avô e eu — nós nos apressávamos a continuar o serão de leitura e conversa. Eu sentia como o meu avô recuperara sua alegria de viver e narrar, ele que andava antes um tanto caladinho pelos cantos, envelhecendo em segredo. Agora se sentia mais presente, satisfeito, esta nova empreitada nos enchia de animação.

— Eta, cabra bom de prosa — meu avô comentava, divertido, enquanto eu lia os trechos, pondo ênfase nas palavras.

Certa noite, meu avô confirmou o efeito das cheias, que levavam terra para o leito dos rios, sepultando mais fundo os restos de riqueza que havia ali. Achar diamante era cada vez mais difícil e mais caro, precisava-se de máquinas e estudos. Vieram a crise, a carestia e a exploração. Por isto, eu não herdaria o ofício que vinha passando de geração a geração. Meu pai tentara seguir meu avô, mas desistira de garimpar a sorte. Não ia passar a bateia ao filho em tempos de tão escassas lavras. Dedicava-se à pequena padaria que montara para nos alimentar. Sem sucessor, meu avô pendurara a bateia na parede, bem areada, que até brilhava quando a réstia de sol lambia sua face. Minha mãe, na labuta das costuras, cuidava da casa e de nós, deixava-me sempre pronto, vestido e alimentado, assistido nos estudos e no rumo da escola.

II

A cada piscar do tempo, eis que crescemos, de repente os músculos retesam, a voz engrola, a gente se despe das calças curtas e toma ares cada vez mais sérios. Calam-se a história e o mapa do menino para que o homem conquiste seu corpo e afirme sua voz no mundo. Por empenhos de pai e mãe, por cifras de muitos pães assados e muitos cortes costurados, ganhei o direito de ampliar meus sonhos. Eu me pus na estrada da cidade grande, em busca de vaga na faculdade. Foi a aventura de conhecer outra vida, outras pessoas, outro mundo. Vivi em pensão, fiz curso, prestei exames, obtive a vaga para me dedicar às letras de imprensa. Tornei-me jornalista.

Herberto, sempre à estante e à cabeceira, era uma companhia indispensável, desde a morte de meu avô e o silêncio de tantas histórias. Mas vovô era uma lembrança rica, em sua jornada bem vivida. E os viveres iam-se cumprindo, no trabalho do jornal, nas visitas aos pais e ao cenário da infância.

Sempre dado à leitura, acompanhava a trajetória de meu autor predileto; adquiria seus novos livros, recomendava sua leitura a amigos e colegas. Quando surgia uma chance, em rodas de conversas, eu discutia seus livros, seus enredos e personagens, seu vocabulário diamantino. Para mim, era o maior escritor baiano vivo, embora os amigos, em geral, rebatessem meu entusiasmo com outros nomes mais badalados.

Comecei a acalentar a idéia de entrevistar meu autor de cabeceira e formação. Mas, e eu podia? Só de pensar em vê-lo, frente a frente, eu perdia o pique, até me emocionava. Diante dele, eu ficaria mudo, tinha medo de gaguejar, fazer perguntas bobas. De novo, voltava a imaginar o tom de sua voz, sempre espelhada sobre os ecos da fala mansa de meu avô. Sim, eu havia de criar coragem, amadurecer idéias e inventar perguntas, fazer com ele uma entrevista marcante. Às vezes, eu antevia a matéria no caderno de cultura do jornal, sua foto em destaque, meu nome abaixo, como entrevistador. No texto que eu imaginava, Herberto fazia revelações sobre sua vida e sua literatura, coisas jamais ditas antes.

Esta entrevista era o meu maior objetivo. Então, eu contaria como me tornara seu leitor desde criança. Mas, eu teria coragem de lhe contar minha história? Como ele receberia meu entusiasmo, meus suores, meus embaraços? E se eu me atrapalhasse e fizesse má figura diante de sua pessoa? Tudo isto me deixava inquieto e inseguro, eu perdia o sono a traçar planos vãos. Eu era ainda muito jovem e inexperiente, um simples repórter lotado no caderno de esportes.

A entrevista era o meu grande sonho. Mas eu tinha de esperar uma oportunidade no jornal. Enquanto isso, ia cumprindo pauta no estádio, às quartas, aos sábados e domingos, entrevistando torcedores, cartolas, árbitros, jogadores. Logo eu, que mal e mal gostava de ver futebol apenas em copas do mundo. O que eu mais desejava era entrevistar Herberto Sales.

O sonho alimentava-se em mim. Eu precisava ter paciência, não desistir, nem me avexar. Enquanto isso, ia lendo e relendo os livros do escritor, notícias de sua carreira, resenhas de suas obras. Era como se ele fosse um amigo importante, que eu não encontrava há muito tempo; escritor, acadêmico, digno de atenção e honras. Era um alguém querido, assim como se da família da gente.

Tive a primeira oportunidade de conhecer e entrevistar Herberto. Ele estaria na cidade para um evento, era a minha chance de realizar o grande sonho. Planejei levar seus livros para colher autógrafos, eu me apresentaria, contaria minha história, pediria uma entrevista. Depois de perder o sono duas noites, reuni coragem, rabisquei um roteiro e resolvi falar com o editor de cultura. De manhã, no início de expediente, abordei-o da forma mais imprópria; nervoso, sem jeito, palavras soltas, quase suplicante. Ele me examinou em silêncio, depois procurou desconversar. Disse que já havia um repórter do setor escalado para o evento.

— Mas você não é de esporte? — ele disse, dando fim no meu sonho. Saí dali desapontado, mas ainda disposto a ir conhecer e entrevistar o meu autor predileto.

Mas era uma quarta-feira, dia de jogo, e eu tive de cumprir minha pauta no estádio, tentando dar sentido às palavras vazias de jogadores e cartolas, numa noite de péssimo futebol.

O jeito foi me contentar em ler depois uma entrevista do escritor no caderno de cultura, algo muito formal, perguntas óbvias e sem vivência, mera formalidade jornalística. Faltavam vida, calor, vivência, conhecimento, admiração.

Então, eu tive a segunda chance de conhecer e entrevistar Herberto. Ele estaria na cidade para receber uma homenagem e falar de sua obra. Enfim, eu poderia realizar o sonho da entrevista. Nada me impedia, a não ser as minhas próprias dúvidas, cada vez mais claras. Eu soube que Herberto estava muito doente e sua vinda à Bahia tinha gosto de uma despedida. Isto me abateu num jogo de dúvidas e angústia. Eu não queria encontrá-lo assim, em circunstâncias tão tristes — uma apresentação, uma despedida. Eu convivera todo esse tempo com seu jeito e sua voz imantados na imaginação, quase à semelhança da feição e da fala de meu avô. Não queria subtrair à sua imagem real os traços de minha idealização.

Eu estava pronto para ir ao seu encontro, mas recuei. Voltei do caminho. Em casa colhi seu livro à estante e recomecei a ler. Desde aquela primeira leitura, na infância, quantas enxurradas e cascalhos rolaram sobre a vida, sepultando tantos sonhos e projetos preciosos? No entanto, ali estavam as mesmas palavras que um dia me encantaram, atraindo-me para o trato com os caminhos e atalhos da vida e da escrita.

Embora inquieto, ainda pude refletir um pouco. Era talvez a última chance de vê-lo, de cumprimentá-lo e ouvi-lo. O que senti, então, foi um desespero, uma agonia, uma angústia. Eu tinha de ir. Podia ser a primeira e última vez que eu poderia colher em meus olhos a leitura de seu olhar. E, assim, depois de tanto tempo perdido, resolvi me pôr à prova de ansiedade e receio de perder a hora. Tentei chegar a tempo de ver ao menos a parte final do evento. Arrebatei *Cascalho* e o retive debaixo do braço; desci às pressas, tomei um táxi, rumei para o local, driblando o congestionamento das ruas.

Mas o evento havia terminado. E nada tenho a dizer, a não ser lamentar os desvios de minhas trilhas imprecisas. O que eu procurava era uma pedra preciosa, uma jóia, uma gema de sorte. Mas até ali não soubera exercer o verdadeiro garimpo que me chamava; o veio ainda estava aterrado de dúvidas. O que eu precisava encontrar nos aluviões da memória, nos areais das vivências? Minhas respostas.

De fato, foi a última viagem de Herberto Sales. Alguns meses depois ele morreu. Eu estava em casa quando recebi a punhalada fria no peito. A dor me invadiu o corpo inteiro, e eu só soube chorar e lastimar a seco esta perda. O luto me cobriu numa enxurrada de palavras, como uma chuva fina sobre as encostas e as chapadas diamantinas.

Eu lembrei de meu avô e das noites de leitura e prosa, em torno dos textos de nosso autor. Dois tutores, cada qual no seu garimpo, me mostraram o uso de suas bateias. Era isto! De repente, uma idéia me iluminou: enxerguei os sentidos de nossos dons. Meu avô era a voz, eu detinha a leitura e Herberto a escrita. Éramos uma força tríplice que movia um ciclo vital. Esta descoberta agora me fazia entender que estávamos para sempre ligados e nosso diálogo não podia jamais parar. Eles continuavam vivos em minha memória e por meio de meu saber podiam se manifestar.

É preciso viver para descobrir as mais íntimas verdades. Eu me descobria pronto e experiente. Meus olhos se iluminaram, num brilho mineral. Eis que minha pedra íntima se revelava, qual um diamante que vinha sendo lapidado a vagar. De repente, eu me vi no rumo certo das águas e um veio rico aflorou aos meus olhos e às minhas mãos. Agora eu tinha clareza. Não era a entrevista que me cabia fazer, mas sim a nossa história que eu devia lavrar.

O canto de Alvorada, de Aleilton Fonseca, é uma edição
da Academia de Letras da Bahia, com patrocínio da
Braskem S/A, utilizando os benefícios do Programa Estadual
de Incentivo à Cultura – Fazcultura – do Governo do Estado
da Bahia, lei 7.015/96.

Este livro foi impresso nas oficinas da
DISTRIBUIDORA RECORD DE SERVIÇOS DE IMPRENSA S.A.
Rua Argentina, 171 – São Cristóvão – Rio de Janeiro, RJ
para a
Editora José Olympio Ltda.
em julho de 2003

*

71º aniversário desta Casa de livros, fundada em 29.11.1931